바람의 신부와 치즈케이크

바람의 신부와 치즈케이크

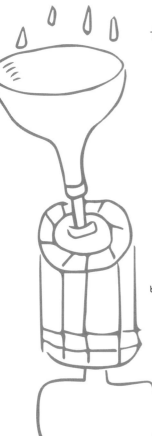

울면서 잠든 밤

테이블 위의 오선지

늦은 저녁 레스토랑으로 들어온 남자는 혼자였고, 어깨는 우울해 보였다.

자연스러 흘러내린 은발은 예술가적인 풍모를 자아냈다.

남자를 알지 못하는 누구라도 그를 보았다면 예술가로구나, 하고 생각했을 것이다.

그는 오래 동안 혼자 앉아 있었다. 맥주 한 병을 마셨던가?

앞을 보는 것도 아니고, 그렇다고 아래를 내려다보는 것도 아닌 그의 무연한 시선은 이생에 머무는 것 같지 않았다.

그러던 어느 순간 남자는 사라졌다.

분명 몇 발짝인가 걸어서 나갔을 텐데 마치 투명인간처럼, 아무도 그를 보지 못했다. 남자가 앉았던 테이블을 지나던 나는 놀라움에 발길을 멈추었다.

새하얀 옥스퍼드 천 식탁보에 펜으로 휘갈겨 그려 놓은 오선지. 그 오선지에 꽃무늬처럼 화려하게 박힌 음표들, 음표들.

어디선가 쏟아져 내린 음표들이 새하얀 식탁보 위에서 노래하고 있었다.

악보가 되어버린 레스토랑의 식탁보.

나도 모르게 그가 앉았던 자리에 앉았다. 알 수 없는 노래로 가득한 새하얀 식탁보를 가만히 쓰다듬었다. 어디에라도 악보를 그려 넣는 그의 예술 혼이 부러웠다.

가끔 떠오른다.

그가 가고 없는 빈 테이블에서 저 홀로 빛났던 오선지. 그 위에 거침없이, 한달음에 그어 내린 음표들. 영감은 그렇게 쏟아져 내리는 것일 게다.

그 영감이 별똥별처럼 떨어져 내려 나의 살갗에 내려앉을 때를 기다리며 그를 떠올린다. 매순간 예술적 영감에 사로잡혀 살았을 남자를 끝없이 부러워하고 그리고 질투한다.

늦은 밤 홀로 앉아 있다가 어느 순간 사라진 그는

길옥윤이다.

나 홀로 길을 가네

　인생은 몇 개의 장면으로 이루어져 있는 것 같다.

　시간의 연속성은 가늘고 긴 선으로 삶을 흘러가게 하지만 감성이 폭죽처럼 터지던 순간들을 잊을 수는 없을 것이다.

　하지만 현실과 일상과 눈에 보이는 것들에 휘둘리고, 그렇게 늙어가면서 낙엽처럼 바싹 말라버린 감성은 지난날을 불러내지 못한다. 그리하여 그 많은 기억을 잊어버리고 몇 안되는 장면을 되풀이해 추억하다가 인생의 종지부를 찍는 것이다.

　오, 그것은 아무리 생각해도 슬픈 일.

　스베틀라나의 〈나 홀로 길을 가네〉를 듣는다. 누구에게라도 들려주고 싶은 러시아민요이다. 사람은 누구나 나 홀로 길을 간다. 사랑하는 가족, 속내를 터놓는 친구, 영원을 약속하고 싶은 연인이 있을지라도. 그 노래를 들으며 나 홀로 길을 갔던, 오래 전 기억 속으로 빨려 들어갔다.

1970년대 말, 명동에 돌체라는 바가 있었다. 당시 유행하던 스탠드 바였다. 나는 홀로 걷고 있었다. 가진 것이라고는 약간의 돈과 연극표 한 장.

갑자기 비가 쏟아졌다. 세찬 빗줄기였다. 비를 피한답시고 돌체로 들어갔다. 실은 담배를 피우기 위해서였을 것이다. 당시는 여성의 흡연이 금지된 곳이 많았다. 정말 이상한 일이지만 당연시되던 시절이었다.

스탠드바는 고요했다. 아무도 없는 텅 빈 바의 높은 스툴에 앉았다. 스툴은 너무 높아 발이 대롱거렸다. 지상에 닿지 않는 몸에 대해서 잠깐 생각했던가? 거꾸로 매달린 위스키 잔들이 가지런하게 빛나던 천정. 뒤늦게 나타난 바텐더는 나비넥타이를 맨 젊은 남자였다.

위스키 스트레이트를 주문했다. 작은 잔에 담겨진 위스키와 온더록스 잔에 가득 담긴 얼음은 물에 반쯤 차 있었다. 모두 투명했다. 위스키, 물, 얼음, 위스키 잔, 온더록스 잔.

위스키를 한 방울씩 마셨다. 독한 술이 독(毒)처럼 목을 타고 넘어갈 때 그것이 정말 독이었으면 좋겠다고 생각했다.

그때 내 삶은 독극물처럼 위태로웠다.

벽지도 바닥도 천장도 검은색 일습인 바에 앉아 술이 한 방울씩 몸속으로 스며들 때마다 절망에의 열망이 무섭게 피어올랐다. 실은 열망할 것도 없었다. 희망 1도 없는 시절이었으므로 하루하루 살아갈수록 절망 쪽으로 대딛는 발걸음일 수밖에.

사의 찬미는 윤심덕만 하는 게 아니었다. 그 나이에 죽음의 깊은 뜻을 알 리도 없었을 터, 그러니 죽음따위, 하면서.

줄담배를 피웠다. 마약중독자처럼 손을 떨면서. 분명 나의 손은 경련이 일고 있었다. 추웠다. 비를 맞았기 때문만은 아니었을 것이다.

막 문을 연 스탠드바에 첫손님으로 들어온 남루한 차림의 젊은 여자에게 아무도 관심두지 않았다. 하릴없이 물끄러미 서 있던 젊은 바텐더는 어느 틈엔지 사라졌다. 얼음은 조금씩 녹고 있었다. 그것이 마침내 물이 될 때까지 바라보았다. 손은 여전히 떨렸다. 음악조차 없던 돌체에서 나는 '나 홀로 걸어가고' 있었다.

비는 계속 오고 있었다.

명동 성당까지 걸었다. 돌체에서 정신 놓고 있는 바람에 공연시간에 대어 가기 빠듯했다. 삼일로 창고극장은 명동 성당 뒤편에 있었다. 극장 입구에서 표를 받던 벙거지를 쓴 남자가 앞을 가로막았다.

"자리가 없어요."

의자도 없는 공연장이었다. 아무 곳에나 앉으면 그곳이 좌석이었다. 마지막 공연이어서 관객이 몰렸나보다. 벙거지가 물었다.

"혼자예요?"

"네."

"그럼 들어오세요."

어둑한 층계를 지나 좁은 공연장으로 들어갔다. 정말 관객이 꽉 차있어 발 디딜 틈도 없었다. 마지막 공연. 사람들은 '마지막'에 매력을 느낀다. 벙거지가 안쪽을 향해 소리쳤다.

"어이~ 여기 여자분 한 분!"

무대 정리를 하던 연극단원이 벙거지의 말을 받았다.

"마지막 공연의 마지막 관객이십니다. 박수~~~"

우우~ 환성과 함께 박수 소리가 길게 이어졌다. 모든 관객이 마치 배우를 보듯 나를 쳐다보고 있었다.

나는 술 냄새, 담배냄새를 잔뜩 풍기며 비좁은 통로를 내려갔다. 그 어디에도 엉덩이를 붙일 공간이 없어서 결국 창문 턱에 걸터앉았다. 관객들과 무대까지 내려다보이는 이상한 각도였다. 대롱거리는 발. 나는 그렇게 또다시 허공에 떠있었다.

연극 제목은 잊었는데 첫 장면은 아직도 잊혀지지 않는다. 커다란 원탁 테이블에 남자들이 둘러앉아 줄담배를 피우며 포커를 하고 있었다. 무대를 가득 채웠던 담배연기가 정말 몽환적이었다. 카우보이모자나 도리우찌를 쓰고 1930년대 미국의 젊은 남자들로 분한 배우들의 열연이 볼만했다.

연극표를 준 사람은 그 남자 배우 중 하나였다. 연극에 미쳐있던 명문대 출신 남자는 얼마 지나지 않아 캐나다로 이민 갔다.

아버지 와이셔츠를 둘둘 말아 입고 헤진 청바지 차림으로 한 여름을 났던 시절이었다. 지상에 발을 딛을 수 없었던 세월. 허공에 뜬 채 보냈던 시간들. 내 생에서 히피 아닌 히피로 살았던.

나의 지난날은 '홀로 걸어가는 길' 위에 있었다.

오래 된 기억 속의 나는 혼자 걸어가고 있다. 혼자 식당에 들어가고 혼자 버스를 타고 어디론가 가고 있었다. 혼자 카페에 앉아 있고 혼자 연극을 보았다. 혼자 술을 마시고 혼자 전시회에 가고 혼자 남산에 갔다.

그 시절은 대개 고통스럽고 슬펐지만, 무기력한 일상으로 텅 비어있는 듯 했지만 지금 생각해보니 영혼은 충만했다. 내가 낭비했다고 생각했던 그시절은 결코 낭비가 아니었다. 도무지 잊지 못할 그때의 장면과 그때의 상처를 지금껏 우려내면서 글을 쓰고 있지 않은가.

11월

일흔이 넘은 그는 전원카페에서 아코디언을 켜고 있다고
했다.

그의 이름 영어 이니셜이 금박으로 장식되어 있는 낡은
아코디언. 오래 동안, 반백년 넘게(그는 여섯 살 때부터 아
코디언을 만졌다고 한다) 짊어졌던 아코디언의 무게로 그의
어깨는 여느 사람보다 처져 있었다. 작은 키의 왜소한 몸으
로 20킬로 가까운 아코디언을 연주하는 것이 쉽지는 않았
을 것이다.

일주일에 한 번씩 그곳에 가요.

그의 친구가 운영한다는 전원카페는 내가 사는 곳에서

멀지 않았고 제법 알려진 곳이어서 나도 그곳을 알고 있었다. 서너 번 들러 파스타와 맥주를 마신 기억이 난다.

하지만 그곳은 낡고 냄새났고 어두웠다. 수많은 꽃들과 화분과 나무들이 창문과 계단과 실내에까지 가득 차 있었는데 나는 그 어수선한 분위기가 마음에 들지 않았다. 인위적으로 꾸며놓은 정원은 주변의 고즈넉한 풍경과 어울리지 않았고 다듬어진 나무의 둥그런 곡선을 나는 싫어했다.

어느 해 겨울이었을까.

드문드문 눈발이 날리는 오후였다. 여전히 나는 혼자였다. 카페 정원에 피워놓은 모닥불 앞에 쭈그리고 앉아 호일에 싼 고구마가 익기를 기다리고 있었다.

사실, 내가 기다렸던 것은 익은 고구마가 아니라 오지 않을 어떤 사람이었다. 오지 않을 것을 알면서도 기다리는 마음은 어떠했을까. 쉴 새 없이 바람에 일렁이는 불길처럼 모든 것이 흔들렸던 때였다.

그 때 카페에서 아코디언 소리가 들려왔다.

처음에는 하모니카 연주인 줄 알았다. 아코디언은 일반적인 악기가 아니었으므로 상상하지 못했다. 끊어질 듯 이어지는 음이 현란한 연주였다.

명랑하고 경쾌한 폴카 연주를 들으며 무릎에 얼굴을

묻고 흐느꼈다.

산속은 어둠이 빨리 찾아온다. 메마른 나무가 모두 그의 그림자로 보일 때까지 모닥불 앞에 앉아 있었다. 불 속에 반짝이는 호일이 보였다. 새까맣게 타버렸을 고구마.

세월이 흘렀다. 전혀 다른 장소에서 아코디언 할아버지를 보게 되었고 몇 마디 말을 나누면서 그날 아코디언을 연주했다는 것을 알게 되었다. 그리고. 너무 오랜 세월이 흘러 그날 그렇게도 기다렸던 그를, 그의 존재를 잊었다.

얼마 전 그 전원카페를 지나가게 되었다. 이름이 바뀌었고 정원은 좀 더 손질이 되어 있었고 그리고 아코디언 소리는 들리지 않았다.

그리고 오늘, 아코디언 할아버지의 부음.

11월답게 쓸쓸한.

휴

휴는

이 세상에서 나를 가장 사랑했던 남자의 이름이다. 나는 그를 류라고 부르곤 했다. 그는 스물다섯 살 즈음에 자살했는데 유서는 남기지 않았다. 좋은 대학 나와서 좋은 직장에 첫 출근을 했고, 죽기 이틀 전인가 첫 월급을 탔다며 친구를 만나 턱을 했다고 한다. 주변 사람들이 생각하기에는 터무니없는 소식이었다.

나는 그 소식을 두 달이나 지난 후에 들을 수 있었다. 그것은 다행이었다. 나는 어린 아들을 어르면서 술을 마셨다. 슬프다거나 고통스럽다거나 하는 느낌은 아니었다. 술 한 병으로는 좀 모자란 듯 싶어 몇 잔 더 마신 기억이 난다.

아이가 잠이 들자 나는 술잔을 들고 베란다로 나갔다. 신축 아파트 베란다 창으로 불빛이 아스라했다. 그 아파트는 언덕 위에 지어져 있어서 세상이 조금은 아래로 내려다보였다. 새시도 없는 난간에 팔을 기대고 세상을 내려다보면서 술을 마셨다.

아무 생각이 없었는데 아주 짧은 순간, 그와의 깊고 끔찍했으며 때로는 가슴 아팠던 에피소드가 빠르게 스쳐지나갔다. 그는 진실했고 말이 없었다. 글을 아주 잘 썼고 필체도 남자답지 않게 아름다웠다. 그의 편지나 쪽지는 그가 고등학교 1학년 때부터 군대 가기 직전까지 나에게 전해졌다.

내가 어르신을 돌보기 위하여 오전마다 들르는 아파트 거실에서 바라보면 지척의 거리에 규모가 큰 요양원이 자리하고 있는데 그 요양원 이름이 '휴'다. 나이 들고 병든 분들이 쉴 곳이라는 의미일까? 신축 건물은 쾌적해 보이지만 그 내면은 결코 아름답지 않을 것이라는 것을 나는 안다.

하루에도 몇 번씩 베란다로 나갈 때마다 휴에게 눈길이 갔다. 저절로 눈길이 갈 수밖에 없었다. 이 세상에 단 하나 있는 요양원이라는 듯, 세상에 있는 나이든 사람들은 다 와서 쉬라는 듯, 그 건물은 오만하게 아파트 시야를 가로막고 있는 것이다.

휴 요양원을 볼 때마다 류가 떠올랐다.

때때로 그의 자살은 나에게 위안을 주었다. 핍절한 삶을 살아내려면 때론 그런 슬픈 위로도 필요했다.

지금은 어르신을 돌보기 위하여 집을 나서기 직전이다. 오늘도 베란다에서 휴 요양원을 바라볼 것이다. 그리고 어김없이 떠오르는 휴를 기억의 저편에서 불러오겠지. 내일부터 휴가다. 나는 며칠 동안 휴(休)를 누리게 된다. 그 쉼의 어느 순간은 치열하게 고독할 것이고 치열하게 아름다울 것이고 치열하게 타오를 것이며 치열하게 몰두할 것이다.

류, 나는 이렇게 살고 있어.

울면서 잠든 밤

　내가 재이에게 보고 싶다고 말한 밤 이후 수십 년이 흘렀다.

　수십 년 동안 나는 무수한 꿈속에서 재이에게 보고 싶다고 말했다. 재이는 늘 열아홉이나 스물이었고 나는 조금씩 늙어가면서.

　수십 년 동안 서너 번쯤 재이를 만났다. 오래된 친구들 사이 길게 늘어선 테이블의 저쪽 끝과 이쪽 끝에서, 문상을 가거나 오는 자리에서. 어둔 밤하늘을 등지고 서 있던 재이는 친구들 틈에 섞여서 무리지어 손을 흔들고, 나는 그가 꼭 나에게 안녕하고 말하는 것 같아서 며칠씩 밤을 새워 뒤척였다.

　내가 가장 힘들었던 시절, 대학 등록금이 17만 원일 때,

우리 가족이 힘들게 자리 잡은 오래된 가옥의 세가 20만 원일 때 나에게 17만 원을 준 적이 있었다. 재이는 힘주어 말했다.

"빌려주는 거야."

그리고 얼마 지나지 않아 헤어졌으므로 아마 그 돈은 거의 술을 마시는데 허비했을 것이다. 수십 년 동안 나는 그때 17만 원이면 지금은 얼마쯤 될까를 생각하며 살았다. 그 후의 나의 삶이 어찌나 핍절했던지 지금은 수백만 원으로 환산되는 금액을 마련할 수 없었고, 그러므로 나는 계속 꿈을 꿀 수 있었다. 언제인가 꼭 재이를 만나 돌려줄 거야.

스칼렛 오하라는 자신이 애슐리를 그렇게도 사랑한다고 철썩 같이 믿고 있었지만 그것은 착각이었다. 그녀의 어리석은 생각을 레트버틀러는 간파하고 있었지만 눈이 멀어 꿈 속에서 헤어 나오지 못하는 스칼렛은 결국 비극적인 운명을 살게 된다.

소설 『바람과 함께 사라지다』를 읽을 때마다 나는 스칼렛 오하라의 충동적인 결정들이 얼마나 그녀의 삶을 파괴했는지 너무도 명확하게 보았다. 하지만 정작 나의 삶에서 재이의 환영이 얼마나 나의 정신을 소모시켰는지 대입해 생각할 수 없었다.

아니, 소모라고 말할 수는 없겠다. 재이로 인하여 모든 글이 시작되었으니까. 나의 상상력, 나의 감성, 나의 고통과 슬픔, 나의 꿈은 모두 재이로부터 파생되었으니까.

그렇게 수십 년이 흘렀다.

단 한 번도 재이에 대하여 쓴 적이 없던 나는 어느 날 충동적으로 열아홉, 스물의 재이를 쓰게 된다. 쓰고 보니 원고지 200장이었다. 어디서부터 어디까지 사실이었고 어디서부터 어디까지 픽션인지 나 조차도 구분되지 않았다. 그렇게 몰두해서 며칠 만에 완성했다. 십년 전 일이다.

어제, 오래된 원고를 정리하다 그 원고 파일을 발견했다.

모든 문장이 현재형으로 되어있는 중편소설이었다. 그 글을 쓸 때까지 재이는 영혼 속에 펄펄 살아서 움직이고 있었으므로 영원한 현재형이었다. 사실이 그랬다. 꿈속에서도 재이의 집을 찾아가고 재이를 찾아 검색하고 재이의 삶에 대해 전해 들으며 재이에게 보내지 않을 편지를 쓰고 있었으므로.

그런데.

어제 다시 재이에 대한 소설을 읽는데 그가 보이는 게 아니라 내가 보였다. 오! 두 눈을 감고 재이에게 뛰어들고 있는 나. 아무것도 없는 허방을 허우적거리고 있는 나. 모든 슬픔의 수식은 내가 만든 고통에서 비롯된 것이라는 것을 알게 되었다. 이제야.

나는 슬퍼야했고 고통스러워야 했고 가장 치열하게 고독해야 했고 그 무엇보다 비참해야 했고, 파괴되어야 했다. 그것이 그때 나의 자존심이었다.

재이는 내 스스로를 파괴하려는 나의 욕망 때문에 괴로워했는데 나는 정작 그의 괴로움을 이해하지 못했다. 이해하기 싫었는지도 모른다. 그는 언제나 이성으로 빛나고 있었다. 내가 너무도 싫어했던 그의 이성. 지금 생각하니 재이는 감성뿐인 나를 너무도 힘들어 했겠군.

아주 오래전, 대학로도 홍대앞도 가로수길도 없던 시절, 젊은이의 거리였던 종로 길바닥에 나는 쓰러져 있었다.

깊은 밤, 술에 취한 나는 어딘가에 발부리를 부딪치면서 마치 오체투지를 하듯 엎어져 버린 것이다. 오가는 젊은이들이 쓰러진 나를 힐끗거리며 지나갔는데 나와 함께 있던 열아홉 동갑내기 남자애는 나에게 손을 내밀어주지 않았다. 도대체 이해할 수 없다는, 얼마간의 비웃음과 안쓰러움과 연민이 섞여 있던 그의 표정이 아직도 지워지지 않는다.

하루에 한통씩 편지를 쓰고 매일 저녁 집으로 찾아왔으며, 매일 만나면서 영혼이 폭발할 지경으로 (내가, 혹은 서로)사랑했던(한다고 믿었던) 남자애였다. 나는 그때, 삶의 목적을 잃어버렸다.

구두, 부츠, 운동화가 내가 엎어진 바로 코앞에서 지나갔다. 네온의 화려한 불빛, 환하게 불을 밝힌 진열장, 한껏 멋을 낸 젊은이들의 색감 좋은 머플러, 따스한 재킷, 결이 좋은 코르덴바지.

목적지가 있는 경쾌한 발자국 소리, 악의나 적의는 찾아볼 수 없는 기쁨과 즐거움에 가득 찬 목소리들, 어디론가 달려가는 찻소리, 빵빵 거리는 경적음.

길가에 내놓은 스피커에서 흘러나오는 팝송이 러브허트였던가.

차가운 보도블록에 뺨을 댄 채 세상을 보니 나는 벌레 같았다. 나는 벌레요, 사람이 아니라. 난데없이 떠오르던 성경 구절.

그날 이후 나는 변했다. 그 이전에도 책을 읽고 글을 썼고 그 이후에도 책을 읽고 글을 썼지만 이미 목적성을 상실한 후였다. 무엇이 되고 싶다, 어떻게 살고 싶다, 에서 "싶다"가 사라진 것이다.

재이로 인하여(나는 그렇게 믿었다)날마다 칼로 베인 것 같은 통증으로 글을 썼고, 울면서 글을 썼고, 울면서 재이에게 보냈고, 더 많은 글은 영혼 속에 각인해버렸다. 그렇게 나는 환멸 속에서 글을 쓰면서 간신히 살아남았다.

몇 년 후, 어설프게 아이를 안은 나는 동네 의원에서 진료를 기다리고 있었다.

하릴없이 잡지를 뒤적였다. 여성 월간지였다. 르뽀인지 인터뷰인지를 읽는데 울컥, 했다. 매력적인 도입부, 유려한 문체, 정제되었으면서도 한껏 멋을 낸 대화들, 깔끔한 마무리까지.

에세이나 소설이었다면 그래서 잘 썼겠거니 하고 이해했을 것이다. 그러나 그것은 객원기자가 쓴, 책으로도 나오지 못할 일회용 기삿거리였다. 그런데 어떻게 이렇게 잘 쓸 수 있을까! 일개 기자도 이렇게 글을 잘 쓰는데 나까지 글을 쓸 이유가 없었다. 그 충격은 이내 포기로 이어졌고 작가의 꿈은 아주 쉽게 사라졌다. 나를 더 이상 글 쓰게 하지 못하게 만든 글이 유명 작가의 소설이 아니었다는 것이 나는 더 슬펐다.

그 후로도 많은 시간이 흐른 후에야 나는 작가가 되었다. 작가가 된 것을 꿈이 이루어진 거라고 말할지 모르지만 작가가 되었다고 해서 쓰는 모든 것들이 작품이 되는 것은 아니다.

십 년 전의 글은 핏물이 든 것처럼 온통 붉었다. 그때까지 재이는 내 가슴 깊은 곳에 존재하고 있었다. 그래서 글은 신파가 되었다. 비이성적이어서 자신에게서 헤어 나오지 못하는 문장들이 온종일 내 가슴을 찔러댔다.

가장 힘들었던 것은 그러했던 재이의 존재가 아침 안개처럼 사라져버렸다는 것이다. 언제부터였을까. 그 언제가 언제일까를 온종일 생각하다가 울면서 잠들었다. 어제는 재이가 사라진 날이다.

눈물 젖은 빵의 시간들

작가는 자신의 상처를 뜯어먹고 산다.

자신의 고통과 싸우고 거의 언제나 패배의 경험을 하고 수많은 의혹과 불신과 배반의 기억으로 정신세계가 황폐해지는 슬픔으로 글을 이어간다. 빈 지갑과 텅 빈 쌀독을 열어 보고 그 자리에 주저앉아 자신의 무능을 괴로워하면서 입술을 깨물며 글을 조탁해 나간다.

작가의 소설은 작가이고 소설은 작가의 세상이고 삶 자체이고 절망의 다름 아니다. 일생동안 허우적거리며 끝없이 회의하며 반항하며 살아가면서 어느 순간 눈이 떠지면, 마침내 그분이 오시고 눈물 젖은 빵의 시간들을 모두 문장화 시킬 능력을 주신다.

매정하기 짝이 없는

문득 어머니.

어머니에 대하여 일정 부분 부채의식은 누구나 가지고 있는 것 같다. 세상의 모든 자식들은 불효자이니까. 살아계실 때 잘 해 드리지 못한 것을 돌아가신 후 부끄러워하고 후회하고 아쉬워하는 것이 본성일까? 그런데 왜 나는 엄마가 살았을 때나 돌아가셨을 때나 그토록 무심한지 모르겠다. 이것은 '매정하기 짝이 없는'(이건 늘 엄마가 나에게 하던 말) 어느 딸의 기억이다.

아주 어릴 때부터 나는 엄마를 존재 그대로 인식했던 것 같다. 아, 엄마는 이렇구나. 엄마는 저렇구나 하면서 엄마에 대한 지식의 베이스를 쌓아갔다. 그 속에 사랑이 있었는지 확신이 가지 않는다. 김수영도 아닌데 나에게 엄마는 그냥, 가구 같았다. 평화롭고 안정되어 있고 물질이 풍요했던 어린 시절이었다.

60년대에는 드물게, 풍족했던 가정에서 자란 나는 어딘지 비현실적이었다. 매일 밤 꿈을 꾸었고, 동화 속 세상을 상상했고, 그 상상은 무궁무진하게 뻗어나갔기 때문에 일상의 가족에게 상처받을 일이 없었다.

엄마는 분홍 레이스실로 무려 여든몇 개의 꽃을 만들어 나의 치맛단에 달아주었고, 데이지 꽃이 가득한 잠옷을 입혔고, 나를 앉혀놓고 갈래머리에 커다란 리본을 달아주느라 금쪽같은 아침 시간을 허비했다. 그렇게도 잘해주었는데 엄마의 영향을 받지 않았다니 생각할수록 이상하다.

나의 인생에 엄마가 차지하는 비중이 그토록 미미하다니. 대화를 나눈 기억도 없다. 엄마가 나에게 알려준, 혹은 가르쳐준 삶의 교훈은 다섯 손가락도 헐렁하다.

"일하는 거 배우지 마라."

그것은 엄마가 가르쳐 준 몇 안 되는 교훈 중의 하나였다. 다행히 지금 이 나이까지 엄마의 말씀을 잘 지키고 있다.

엄마는 눈물이 많았다. 홀시어머니 외아들에게 시집온 엄마는 끔찍한 시집살이에 상처가 많았다. 허영심도 적지 않았던 것 같다. 학교에 다닌 적이 없는 엄마의 학력 콤플렉스 때문에 과도한 과외공부로 나의 어린 시절은 힘들었다. 초등학교 시절 내내 피아노 선생님이 방문 교습을 해주고, 매일 학습지를 하고(맏딸인 언니는 가정교사까지 있었다), 영재들만 모인다는 과외그룹에 전차까지 타고 다니면서 소수정예 특별 과외지도를 받았다.

고무 꽃이 다닥다닥 붙은 수영모자, 해가 갈수록 업그레이드되는 수영복을 입고 송추계곡 수영장에서 물장구를 치면 엄마는 캐논 카메라로 우리를 찍어주기에 바빴다. 팔다리가 길어 춤 잘 추겠다는 말에 깜박 넘어가 나를 고전 무용 학원까지 데리고 갔는데 기생 시키려느냐는 아버지의 불호령으로 그 뜻은 이루지 못했다.

자녀교육에 대한 열성이 지나쳐 매달 때깔 좋은 한복에 숄을 두르고 교실까지 담임을 찾아왔다. 키가 컸고 늘씬했던 엄마는 요즘 말로 패셔니스타여서 무슨 옷을 입어도 멋졌지만 특히 한복이 아주 잘 어울렸다. 무슨 상담을 했을까. 오전 내내 미장원에서 다듬었을 봉곳한 고데 머리는 엄마 스타일에 딱 맞았다. 딸깍, 하고 열리는 한복용 장지갑을 열고 하얀 봉투를 선생님 책상에 놓는 모습을 모두 곁눈질하고 있었다. 나는 멋쟁이 엄마가 한 달에 한 번씩 담임선생님을 찾아와서 본의 아니게 공개적으로 와이로(?)를 멕이는 것이 자랑스러웠지만 내색하지 않으려고 조심했다. 모두가 공평하게 가난하던 시절이었다.

엄마의 장지갑에는 정말 많은 돈이 참빗처럼 촘촘히 쟁여져 있었다. 고액권도 많았다. 언젠가 한 장 슬쩍 빼냈는데 엄마는 알지 못했다. 그 후 몇 달 동안 습관적으로 지갑을 뒤져 용돈은 꿈도 꾸지 못하는 동네 친구들 간식을 댔다. 점점 액수가 커져서 결국 발각이 되었지만 엄마 지갑에 손댔다고 야단맞은 기억은 없다. 아버지의 사업 뒷바라지를 했던 엄마는 날마다 미용실에 들렀고 날마다 한복을 입었고 (왜 그때는 외출복이 한복이었을까) 날마다 외출했다. 나는 엄마의 부재가 싫지 않았다. 엄마가 언제 오나, 하면서 대문밖을 서성인 적도 없다.

나의 즐거움은 책이었다. 한 달에 한 번 새소년, 소년중앙, 어깨동무 같은 잡지가 나오는 날이 가장 즐거운 날이었다. 문방구를 향하여 뛰어갈 때 심장이 터질 것 같은 흥분의 기억은, 기억하는 것만으로도 또 다시 나를 흥분시킨다. 그래서 성인이 되어서도 결손가정을 왜 불행하다고 하는지 한동안 이해하지 못했다.

나의 생애 첫 번째 담배는 부엌 서랍 속에 숨겨져 있던 엄마의 환희 한 개비였다. 엄마는 수년 동안 파산으로 심각하게 고통당했으므로 위안이 필요했을 것이다. 흡연은 엄마에게 정말 많은 위로를 선사했다고 믿는다. 담배연기처럼 독하고 아득했던 열아홉의 봄을 환희 한 모금으로 시작했으나 그것은 나쁘지 않았다. 이후 나에게도 그것은 수십 년 동안 친구보다 몇 배는 윗길의 위로를 주었다.

1991년 봄, 환갑을 두 달 앞두고 갑자기 엄마가 돌아가셨다. 삼오제를 지내고 돌아오는 길, 봄 행락객들을 태운 차들로 고속도로가 꽉 막혀있었다. 휴게소에 들를 수도 없었다. 차는 일분에 일 미터씩 겨우 바퀴가 굴러 가는 상황이었다. 나는 담배가 피우고 싶었다.

결국 소복 차림으로, 거추장스러운 치마 자락을 부여잡고 차에서 내렸다. 오후의 봄 햇살이 따가웠고 눈이 부셨다. 중앙 분리대의 좁고 긴 잔디밭에 쭈그리고 앉아 라이터를 당겼다. 첫 모금을 넘기는데 행복해서 죽을 것 같았다. 칭얼거리는 아이들 때문에 차에서 내린 몇 몇 행락객도 함께 분리대 잔디밭에 앉아 있었는데 그들의 따가운 눈총을 개무시했다.

파란 하늘로 흩어지는 담배 연기가 기가 막히도록 아름답다는 생각을 했다. 마치 저잣거리에 좌판을 벌여놓은 노파처럼 쭈그리고 앉아 겉도는 치마를 한 손으로 그러모은 채 맛나게 담배를 피웠다. 내친김에 답답했던 고무신도

벗었다. 풀잎들이 소복의 굴레에서 벗어난 맨발을 간질였다. 그 순간, 참 좋다, 그런 생각을 했다. 나는 평화로웠다. 엄마가 돌아가신지 며칠 되지도 않았는데!

파산 후 좋았던 점은, 엄마와 부엌에서 맞담배를 피웠다는 것이다. 우리는 서로에게 현모양처의 굴레를 벗어나는 것을, 착하고 음전한 여자에서 벗어나는 것을 허락했다. 우리는 다정했다. 부뚜막에 나란히 쭈그리고 앉아 담배를 피우며 한 손으로는 고등어구이를 뒤집으며. 그 장면이야말로 엄마와 가장 다정했던 기억이리.

볕 좋은 테라스의 삶

새벽. 노란색 갓등을 켜고 노란 불빛 아래에서 책을 읽는다. 죽은 자의 글을 살아있는 내가 읽을 때, 혹은 아직은 살아있는 자의 글을 죽어 있는 듯 고요한 내가 읽을 때, 모든 문장들은 서로의 기류를 타고 새롭게 변주된다.

그들이 나를 이끌고 가는 곳은 늘 경이롭고 신비하다. 살아있는 생명체를 만난 것보다 더 깊숙하게 매료된 활자를 끄집어내면 가슴 어디쯤 화인 맞은 것처럼 벌겋게 부풀어오르는 것을 느낀다.

내가 좋아하는 작가의 책을 펼칠 때부터 나는 이미 홀릴 준비가 되어 있는지도 모른다. 문장과 문장 사이의 깊은 사유를 질투 섞인 나의 한숨으로 채우기도 하면서. 나에게 책은 새벽이슬에 젖은 싱싱한 꽃다발 같다.

게다가 새벽의 바그너는 잠시 책갈피에서 손을 떼게 만드는 마력이 있다. 무기력해진 손으로 턱을 괴게 하고 신비로운 우울을 선사하며 아직은 어두운 밖의 풍경에서 점멸하는 신호등에 시선을 돌리게도 하면서 약간의 멜랑콜리와 함께 생각들을 침잠시켜 주는 역할을 한다.

원두커피도 떨어지고 돈도 떨어졌기에 하는 수 없이 누군가 선물해준 티백 원두커피를 우려내어 마시고 있다. 재정 상태가 나아질 기미가 없으므로 새해에도 티백 원두커피를 계속 마셔야 할 것 같다. 티백을 저을수록 커피색이 조금씩 짙어진다. 그 얇은 흔들림 속 잔물결이 아름답다. 에티오피아 여인이 허리를 구푸리고 커피를 볶는 사진을 어제 보았는데 머리를 느슨하게 감싼 수건의 은은한 색이 눈앞에 어른거린다.

반 년 넘게 새벽의 시간을 놓치고 게으름을 피우다가 엊그제부터 다시 새롭게 새벽의 시간을 맞이하고 있다. 여름내내 밖을 떠돌았던 가출 청소년이 추운 겨울 따스한 집으로 돌아온 기분이다. 오, 가장 평범한 시간을 가장 빛나는 시간으로 만들어주는 새벽의 이런 리추얼이 나를 가장 나되게 하는지도 모른다.

나는 새벽이 좋다. 이른바 아침 형 인간인 셈이다.

열 살 안짝에도 집에서 십분 거리(주먹을 꼭 쥐고 달음질
하면 오 분이다) 학교를 한 시간 일찍 갔다. 너무 일찍 가는
바람에 수위 아저씨가 나타날 때까지 닫힌 교문 앞에서 기
다릴 때도 종종 있었다.

전교생 6,300명이었던 매머드 초등학교의 놀이터는 언
제나 북새통이어서 다가갈 엄두도 못 냈다. 하지만 새벽의
운동장은 텅 비어있다. 싸리비 자국이 선명한 놀이터(모래
따위는 없다)의 시소에 책가방을 걸어놓고 정글짐에 올라
가 혼자 놀았다.

외로움을 느낄 겨를이 없었다. 지금도 마찬가지다. 외롭
다고 생각해 본 적이 없다. 나는 혼자 노는 것이 익숙했고 그
것이 사람들과 부대끼는(왜 이런 표현을) 것보다 훨씬 좋았
다. 내가 좋아하는 것들은 혼자서 할 수 있는 것들이고, 혼
자이어야만 할 수 있는 것들이 대부분이었다. 나는 그러한
나의 취향을 바꿀 생각이 없다. 그 생각은 다른 사람들과 교
류를 하면 할수록 더욱 절실해지는 면이 없지 않다.

어제도 좋은 사람들과 멋진 식사를 하고 걷고 다시 어딘
가 들어가 맥주를 마시면서 함께 했지만 2% 부족했다.

나는 대화를 하고 싶었지만 그들은 일상에 머무는 이야
기로 그 긴 시간을 일관했다. 나누는 이야기의 태반이, 정말

슬프게도, 수박 겉핥기식의 일상이었다. 마음을 많이 내려놓았다고 생각했는데 돌아오는 발걸음은 허전했다. 갈증. 나에게는 영원히 숙제로 남아있을 것 같은 아쉬움이었다.

테이블 다이어리로 눈길이 간다.

날짜의 네모난 칸은 단 며칠을 제외하고는 일정들로 빼곡하다. 아, 텅 비어있지는 못하더라도 반쯤은 여백으로 비어있으면 좋았으련만.

정말이지 조금이라도 외롭고 싶다. 내가 외롭다고 느낄 수 있을 만큼 외롭고 싶다. 사람이 그리워서 주소록을 들추고 저장된 전화번호를 누르고 오래 동안 만나지 못한 사람에게 메일을 보내고 싶어질 만큼. 하지만 그런 날이 오지 않으리라는 것을 나는 안다.

노년의 삶을 '볕 좋은 테라스의 삶'이라고 생각했다는 독일의 철학자인 빌헬름 슈미트는 거의 모든 노년의 삶이 결코 그렇지 못하다는 것을 알게 된 후, 나이 든다는 것과 늙어간다는 것에 대한 책을 쓰게 되었다고 한다. 이번 생은 처음이라, 또한 늙는 것 역시 처음이라 갈피를 잡지 못하고 있는 사람들에게 '평온'하게 늙어갈 수 있는 방법을 기술했다는 것이다.

평온하게 늙어가는 법이 있기는 한 것일까.

식은 커피를 마저 마시고 다시 물을 끓이고 다시 티백을 넣고 저었다. 조금씩 짙어지는 색을 한참 지켜보다 티백을 손으로 꺼냈다. 그 따스하고 부드러운 감촉이 나를 평온하게 한다. 이 모습도 '평온하게' 늙어가는 것일까. 나의 내면 어디서인가 부정에의 욕구가 튀어나오고 있다. 평온한 삶이라는 것이 어째서 꼭 '볕 좋은 테라스'에서의 삶이어야 하는 것일까.

여전히 나의 내면에서 자글자글 끓고 있는 비참, 비열, 비통, 비탄에의 열망은 어떻게 하고? 설령 그 욕망으로 인하여 나의 아름다운 아침이 무참하게 깨어진다 하더라도 두렵지 않은 이 마음은 어떻게 하고?

내가 좋아하는 평론가 신형철도 나와 별반 다르지 않은 생각을 하고 있다는 것이 나를 위로한다. 그의 불멸의 책 『몰락의 에티카』에서 그는 이렇게 말했다.

"나는 늘 몰락한 자들에게 매료되곤 했다. 생의 어느 고비에서 한순간 모든 것을 잃어버리는 사람은 참혹하게 아름다웠다. 왜 그랬을까. 그들은 그저 모든 것을 다 잃어버리기만 한 것이 아니었다. 전부인 하나를 채우기 위해 그 하나를 제외한 전부를 포기한 것이었다.

그래서 그들은 텅 빈 채로 가득 차 있었고 몰락 이후 그들의 표정은 숭고했다. 나를 뒤흔드는 작품들은 절정의 순간에 바로 그런 표정을 짓고 있었다. 그 표정들은 왜 중요한가. 몰락은 패배이지만 몰락의 선택은 패배가 아니다. 세계는 그들을 파괴하지만 그들이 지키려 한 그 하나는 파괴하지 못한다. 그들은 지면서 이긴다. 성공을 찬미하는 세계는 그들의 몰락을 이해하지 못한다...."

어쩌면 내가 원하는 노년의 삶은 사람들이 말하는 '평온한 삶'이 아닌지도 모른다.

어쩌면 내가 원하는 노년의 삶은 '볕 좋은 테라스'의 삶이 아닌지도 모른다.

나의 나

　여권 사진을 찍었다. 현상된 사진을 보니 전혀 나의 얼굴 같지 않았다. 아무리 보아도 이상했다. 코가 저렇게 생겼나? 입술이 저렇게 생겼나? 표정이 저렇게 색깔이 없었나?

　아무리 점수를 주려해도 도저히 인정할 수도 이해할 수도 없는 여권 사진을 부드럽게 미소 짓는 셀카 사진 옆에 나란히 붙여놓았다. 무뚝뚝하고 무디게 생긴 나이든 여자는 자연스러운 표정의 셀카 속 여인과 전혀 다른 사람인 것처럼 분위기며 느낌이 정말 달랐다. 나는 자주 그 두 여인을 들여다보았다. 여권 사진 속의 나와도 친해지고 싶었다.

　나이가 들수록 기분에 따라 변하고, 누구를 만나는가에 따라서도 변하는 얼굴이 신기했다. 하루에도 몇 번씩 변하는 겉모습도 그러한대 사람 속은 대체 어떨까?

사람은 자신에 대하여 얼마나 알고 있을까. 자신에 대하여 알고 있는 것이 사실이기는 한 것일까.

살면 살수록 나 자신에 대한 정확한 정의를 내리기 어렵다는 것을 느낀다. 나는 이러이러하다고 나름 정리했고 그렇게 수십 년을 살아왔는데 어느 순간 그것이 아닌 것을 알게 되었다. 당혹스러운 순간이었다. 하지만 나만 그런 시행착오를 겪는 것은 아닌 모양이었다. 오죽하면 고대 철학자도 너 자신을 알라고 하지 않았던가.

사람들은 너무 바빠 자신이 누구인지 파악할 여력이 없어 보인다. 그것은 불행한 일이다. 죽을 때까지 자신이 누구인지 모르고 산다는 것 말이다.

이제껏 내가 알던 나와는 전혀 다른 낯선 내가 불현듯 목소리를 낼 때 나는 놀랐다. 처음에는 혼돈스러웠지만 어느 정도 시간이 흐르면서 그 낯선 모습도 결국 나라는 것을 알게 되었다. 도무지 낯설기만 한 나의 '내면아이'는 하나가 아니었다. 내 안에는 무수한 내가 도사리고 있다가 예기치 않은 순간 튀어나왔다. 내 안에 내가 너무 많다는 것도 뒤늦게 알게 된 사실이다.

내가 나를 규정지을 수도 없었다. 일정한 테두리 안에 가두어지지 않는 나를 도덕과 종교와 규범의 틀에 넣어보려고도 했지만 뜻대로 되지 않았다. 삶의 도정을 야생마처럼 향방 없이 날뛰며 살았다. 그러므로 당연히 길이 없었다.

길이 아닌 곳만 골라 갔기에 몸은 상처 투성이었고 영혼에도 깊은 상흔이 패였다. 그곳에 나의 슬픔의 정조가 배어 있다. 그것은 줄곧 나의 삶을 관통해왔고 이제야 비로소 나는 그것을 아름다움이라고 칭한다. 그것이야말로 바로 나의 나이다.

자신을 있는 그대로 인정한다는 것이 어쩌면 가장 힘든 일일지도 모른다.

나의 글쓰기는 그러므로 나의 나를 표현하는 방법이었고 나의 나를 보듬어 안는 시간이기도 했으며 나의 나를 끊임없이 불러내어 자유로이 헤맬 수 있게 시공간을 넓히는 과정이었다.

파멸과 실패와 쾌락과 고통과 주이상스는 동의어이며 지난날들의 격정과 어제의 희열은 다르지 않으며 내일의 권태와 몰입과 불행의 감각과도 다정하게 손을 내밀 수 있게 된 것을 감사한다.

그렇게 이제는 나를 사랑할 수 있게 되었다. 나의 자각이 너무 늦지는 않았기를. 모든 인간은 다중적이라는 것을 이해하게 되면서 타인을 바라보는 시선도 많이 너그러워졌다. 그것은 타인에 대한 배려이기도 하지만 나의 나를 더욱 사랑하는 이기적인 방법이기도 하다.

나에게는 가족이 있지만 어느 면에서는 영원한 독신이다. 나의 생은 한곳에 머물지 않으며 나의 윤리는 나에 대한 부인과 승복 사이에서 자유롭게 피어나며 나의 인식은 사전 밖에서 더욱 화려해진다. 데카당스의 옷을 입고 있으나 조문객처럼 경건하고 여전히 실패의 돌을 던지곤 하지만 지는 것을 슬퍼할 이유가 없다. 피조물의 아름다움은 운명의 결정론자가 자신이 아니라는 것에 있지 않던가.

나는 밤마다 잠이 들지만 나의 영혼이 가장 활발하게 작동하는 시간이라는 것을 안다. 사랑하고 미워하고 때로 죽음 같은 희열과, 눈동자에 유리조각이 가득 박힌 것 같은 고통을 맛보기도 하지만, 그래서 밤새 붉은 피를 흘리며 폐허 같은 꿈속을 헤매기도 하지만 그 모든 감각의 반응을 경이로움으로 맞이할 수 있게 되었다.

세상에 내던져진 존재라는, 피투성(被投性)의 존재를 알게 하는 새벽의 시간이 오늘도 나를 일으킨다. 눈을 뜨면 보이는 세상은 눈을 감고 보이는 세상과 다르다. 여권 사진 속 나에게도 인사를 하고 부드러운 표정의 셀카 사진 속 나에게도 인사를 한다. 몸과 영혼이 분리되지 않는 세상에서

할 수 있는 것은 그 둘을 힘껏 끌어안으며 사랑하는 것이 아닐까.

내 존재의 중심에서 들려오는 신의 속삭임을 들으면 나의 언어는 바이올린 G 현처럼 겸손해진다. 그렇게 나는 시가 된 나의 나, 음악이 된 나의 나, 그림이 된 나의 나를 부드럽게 쓰다듬는다. 그렇게 나는 나의 삶을 지휘할 것이다.

정전의 시간

갑자기 정전이 되었다. 집안의 거의 모든 것들의 작동이 멈추어졌다. 그렇게 갑자기 다가온 침묵. 노트북의 인터넷이 끊기고 냉장고의 불빛도 사라졌다.

마치 심장 박동이 멈추어진 중환자실의 모니터를 보는 것 같다. 삐익, 하며 직선으로 변하는 어떤 순간 말이다. 그렇게 찾아온 고요.

기계적 장치가 필요 없는 사람들의 말소리만 들려오는 아침은 정말 오랜만이다. 우리는 얼마나 문명에 길들여져 있었던가. 수많은 기계음에 노출되어 있으면서도 인식하지 못하고 살았다. 물질은 소리를 내고 빛을 내며 존재를 증명하는 발전을 거듭해왔다.

우리가 알지 못하는 사이에 갖가지 문명의 이기가 만들

어낸 소리들이 스물 네 시간 잠식하는 삶을 살고 있다. 자연은 내셔널 지오그래픽에서나 볼 수 있게 되었는지도 모른다.

추운 겨울, 미사리 근처 외가에서 겨울방학을 보내면 한밤중 들짐승이 우짖는 소리를 들을 수 있었다. 창호지 너머의 깊고 어두운 세상에서는 자연의 소리만 있었다.

군불을 지핀 따뜻한 방의 아랫목에 누워 버석버석한 솜이불을 목까지 꾹꾹 눌러 덮고 내가 모르는 어두운 세계를 상상해보곤 했던 기억이 떠오른다.

등의 털을 곤두세우고 하얗게 눈 덮인 들판을 달려가는 저 짐승이 여우일까 승냥이일까.

영롱하고 차가운 별빛이 쏟아져 내리는 숲속의 나뭇가지에 앉은 부엉이 울음소리가 바람결에 들려오면 따스한 이불속에서도 오스스 소름이 돋았다. 머리맡의 자리끼가 아침에 일어나면 살얼음이 덮여있을 만큼 추웠던 시골집이었다. 자연에 대한 짧은 추억은 달콤하기도 하다. 왜 정전의 시간에 반세기 전의 일이 떠올랐는지 모르겠다.

실내를 둘러본다. 커피포트의 물을 끓일 수도, 전자레인지에 커피 물을 데울 수도 없다. 이럴 때는 고요히 앉아 있으면 얼마나 좋겠는가. 하지만 와이파이와 블루투스 작동이 되고 충전까지 가득되어 있는, 지구상의 인간의 시간을 개미지옥처럼 빨아들여 결단내고 있는, 결국은 인간의 영혼까지 빼앗아갈 것이 분명한 '휴대폰'이라는 것이 나에게도 있어서 로지텍 자판을 두드리는 문명인의 그룹에서 빠져나올 도리가 없다.

나는 결국 휴대폰을 뒤져 여의도 어디에서 보내주는 클래식 에프엠을 열었고 러시아 민요 '종소리'를 듣는다. 러시아 남자들의 중후한 합창곡이다. 옥타바가 나직하고도 묵직하게 나의 영혼을 흔든다. TV를 볼 수 없게 된 남편은 어제 알라딘에서 배달 된 책을 쌌던 뽁뽁이를 꾹꾹 누르고 있다. 마치 음악처럼 리드미컬하게.

스무 살 어귀의 나는 음악소리에 눈을 뜨는 아침을 꿈꿔왔다. 알람을 맞춘 라디오에서 아침에 음악이 흘러나온다면! 내 방에서! 온 가족이 한 방에서 피난민처럼 딱 달라붙어서 잠을 자던 시절이었으니 더욱 그리웠을 것이다. 그 많은 식구들이 아침마다 씻고 닦는 수건이 달랑 한 장이었다. 어떻게 그렇게 살 수 있었을까? 아침마다 나는 늘 축축한 수건으로 얼굴의 물기를 닦아야 했다. 그래서 지금도 바짝 말라 보송보송하고 섬유유연제 냄새가 향긋한 수건들이 가득 들어있는 욕실장을 열면 가슴 어디께인가 싸아해지는 것이다. 그 묵직한 통증.

그것은, 그런 시절은 이미 지나갔다는 안도와 함께 그 시절의 나를 기억하는 뉴런 한 줄기가 그때의 고통과 상처를 함께 재생산하고 있기 때문이다. 현재의 충족감은 과거의 결핍을 완전히 상쇄시키지는 못하는 것 같다.

더 생각을 이어가다가는 눈물이 가슴 언저리에서 툭 떨어질 것 같다. 결핍이 글을 쓰게 한다면, 그것이 가장 좋은 글의 질료라면 나는 금화로 가득 찬 바구니를 끌어안고 있는 셈이다.

고통을 맛만 보는 삶이 아니라 절망의 뻘 속으로 빠져 들어가 머리끝까지 산 채로 파묻혀졌던. 그저 눈이 휘둥그레진 채 무자비한 세상의 채찍에 무수히 맞았던 그런 순간들이 낱낱이 기억의 저편에서 솟아오른다. 나도 모르게 흐르는 눈물을 닦으며 결심한다. 글을 써야지, 저것들을 글로 써 버려야지.

나의 삶에서 정전의 순간들을, 어느 곳에서도 빛이 들어오지 않았던, 구원의 손길은 어디에도 없었던 그 시간의 편린들이 내 손끝에서 서서히 드러나기를.

윙~. 스탠드의 불이 켜지고 냉장고가 다시 돌아가는 소리가 들린다. 두 시간 남짓의 짧은 정전의 시간이었지만 시간 여행은 길었다. 거울을 보니 늙은 여자가 물끄러미 어딘가를 보고 있다. 여인이여, 글 속에 그대 자신을 꽃처럼 피어나게 하라.

問喪

왜 이제야 오셨어요

꽃은 이미 다 시들었는데

그래서

축제는 끝났다는데

그 긴 세월 어쩌고

이름만 보내셨어요

비연속적인 슬픔

페이지터너

무대 위의 유령이라고도 하는 페이지터너(Page Turner)는 악보를 넘겨주는 사람이다. 대개 마른 체형이고 젊은 여성이고 생머리를 뒤로 묶었으며 검은 색 옷차림이다. 표정은 없다. 페이지터너는 존재감이 없어야 존재의미가 드러난다. 그것은 페이지터너가 갖추어야 할 기본 사항인지도 모른다.

음악회에 가면 페이지터너에 더 눈길이 갔다. 있는 듯 없는 듯 고요히 앉아 피아니스트가 연주하는 악보를 눈으로 좇는 페이지터너. 연주의 어디쯤에 다다르면 가늘고 긴 팔을 뻗어 넘길 페이지의 한끝을 아주 조금 들어올린다. 넘겨질 페이지와 악보 사이의 짧고 깊은 어둠.

악보에 시선을 떼지 않고 신속하게 그러면서도 침착하게

페이지를 넘기는 페이지터너. 화려한 의상의 피아니스트와는 대조적으로 보이지 않게 존재했던.

지난 토요일, 집들이 초대를 받았다. 지인이 오랫동안 비워두었던 셋집을 리모델링했다고 한다.

동행한 선배는 현관에 들어서자마자 놀라움과 기쁨이 가득 찬 탄성을 질렀다. 어쩌면! 공간이동을 해서 내가 마치 빠리에 있는 느낌이야.

몹시 추운 겨울이었지만 넓은 창을 통해 금색 실 뭉치 같은 햇볕이 쏟아지는 거실은 믿을 수 없으리만큼 따사로웠다.

실내는 모던했다. 검은 색 페인트를 칠한 작은 방, 골조가 드러난 부엌. 가장 큰 방 한 가운데에는 커다란 책상이 놓여 있었는데, 쳉키라는 이름의 크고 검은 고양이가 어슬렁거리고 있었다. 마치 자신이 주인인 양 거만하게.

누구라도 주먹을 쳉키 얼굴 가까이 갖다 대면 쳉키는 작고 까만 머리통을 주먹에 들이대었다. 검은 고양이의 인사법이 재미있고 귀여워 모두 주먹을 꼭 쥐고 쳉키, 쳉키, 하며 불렀다. 나도 쳉키에게 꼭 쥔 주먹을 내밀고 싶었다. 어슬렁거리던 쳉키가 나에게 다가와 내 주먹에 이마를 부딪치며 인사할 수 있도록. 하지만 그 집을 떠날 때까지 쳉키에게 다가가지 못했다.

모던한 실내에 어울리지 않을 것 같은 검은 벨벳 엔틱의 자에는 터번을 두른 배우가 앉아 있었다. 앤디워홀 옆에 루벤스가 있는 듯한데도 기이하게 어울렸다. 배우는 적당한 자긍심과 적당한 따스함이 적당히 배어있는 미소로 우리의 찬사를 받았다.

일흔 살 어귀의 여인에게는 '아멜리아'라는 애칭이 주어졌다. 이미지는 신비한 것이어서 프랑스 영화 『아멜리아』의 주인공인, 소녀에 가까운 아멜리아와 늙은 여인의 이미지는 기가 막히도록 맞아떨어졌다.

간격을 두고 몇 사람이 더 집안으로 들어섰다. 매서운 바람을 헤치고 온 그들은 자연스럽게 현관에서 코트와 모자를 벗었고 주인이 안내하는 의자에 앉아 뜨거운 커피를 마셨다.

밝은 음색의 재즈가 커피 향처럼 달콤하게 실내를 떠다니고 있었다. 벽 한 면을 온통 목재로 칸칸이 짜 넣은 선반에는 주로 책이, 그 사이로 작은 조각품과 디스크와 오래된 장식품이 자리하고 있었는데 로이 릭턴스타인의 '행복한 눈물' 비슷한 그림도 눈에 띄었다.

두 시간 넘게 우리는 이야기했다. 노작가의 '소스라치게 놀란 경험'은 모인 사람에게 '소스라치게 놀라운 경험'을 추체험하게 만들었다. 삶을 오래 살았다고 해서 깊어지는 것은 아니겠지만 그분은 적어도 산길 정상 어귀 쉼터에 앉아 미소 짓고 있었다.

나는 마치 음악을 듣는 것처럼 그들의 말에 귀를 기울였다. 어떤 때는 진한 꽃다발처럼 향기를 맡을 수도 있었다. 정말 그랬다. 진정성이 담긴 깊은 대화는 아름다웠고 나는 그 황홀에 푹 잠겼다. 내가 원하는 만남의 모습이 완벽하게 구현된 것이 기쁜 나머지 나의 신에게 감사를 드렸다.

작가와 배우, 그 밖의 직업을 가진 사람들이 모여 각자의 삶의 순간에 맞닥뜨린 운명적인 조우를 이야기로 풀어내고 있는 모습을 보면서 나는 신비스러운 감동에 젖어들고 있었다. 그러던 어느 순간, 베일에 싸였던 비밀이 와락 내 안에서 펼쳐지는 것을 느꼈다. 그 비밀의 키워드가 바로 페이지터너였다.

그날 나는 나의 생이 새로운 국면에 접어든 것을 알았다.

삶이라는 무대 위에서 하나님이 잘 연주할 수 있도록 조용히 악보를 넘겨주는 사람. 스포트라이트를 받는 자리에 드디어 하나님을 앉혀드린 것이다. 나는 그저 하나님의 연주에 악보를 넘겨주는 사람, 그런 존재가 되고 싶었다. 믿을 수 없겠지만 진심이다.

내가 알고 있는 사람들에게 자유로운 공간을 허락해주는 것. 그들이 마음껏 뛰놀 수 있도록 자리를 비켜주는 것. 드디어 나는 이제껏 나의 삶이라고 우겼던, 그래서 실은 더욱 고통스러웠던 주인의 자리에서 일어설 수 있게 된 것이다.

수많은 만남이 있다.

누군가와는 악수를 하고 누군가와는 마음을 나눈다. 누군가와는 그냥 스쳐 지날지도 모르고 누군가와는 오해와 질시로 힘들어할지도 모른다. 어떤 사람을 만나면 깊게 허그하고 싶고, 어떤 사람에게는 편지를 건네주고 싶다.

만나는 모든 사람은 귀한 피아니스트이다. 나는 그들에게 스포트라이트를 비추는 주인공 자리를 내어 주고 기꺼이 보조의자에 앉아, 눈에 띄지 않는 검은 옷을 입고 단정하게 그들의 악보를 넘겨줄 결심이다.

검색 말고 사색

이 세상의 모든 지식은 구글에 있다. 우리는 검색하면 된다. 구태여 우리 뇌 속에 저장할 번거로움도 없다. 우리는 그저 키판을 두드리는 날렵한 손가락만 있으면 된다.

지하철 일곱 개 좌석에서 일곱 사람이 휴대폰을 보고 있는 현실을 더 이상 아무도 놀라워하지 않는다. 카페에 연인이 마주 앉아 각자 휴대폰을 들여다보고 있는 풍경도 이제는 낯설지 않다. 만남도 헤어짐도 휴대폰이 거간꾼처럼 가운데 끼어서 문자로 남긴다. 얼굴을 마주하거나 목소리를 들을 필요도 없다.

무인도에 가져가고 싶은 것은 연인이나 책이 아니라 휴대폰이다. 무인도에서 검색하거나 셀카(질)하며 놀면 된다. 셀카(질)이야말로 나르시시적인 자기만족의 극대화이다.

사람이 외롭지 않게 된 것은 휴대폰이 가장 큰 역할을 했지만 사람을 고독하게 만든 것도 결국 휴대폰의 효능 때문이었다. 더이상 사람이 필요하지 않게 된 것이다. 그렇게 우리는 고독하지만 고독하지 않은 아이러니 속에 살아간다.

　신(神)은 사람의 심장 어귀에 도저히 메울 수 없는 구멍을 뚫어놓아 신을 찾게 만들었다고 한다. 하지만 요즘 사람들은 자신의 심장 어귀에 뚫린 구멍 자체를 모르거나 의식하지 않고 산다. 사람들은 고독하지만 너무 바빠 고독할 시간이 없다. 고독하지만 고독할 기회는 별로 없는 것이다.

　언어의 유희 같지만 일상을 들여다보면 그렇다. 내 곁에 '네'가 있어도 외롭다는 말, 군중 속의 고독이라는 오래된 명제는 인간관계의 허허로움을 보여주지 않던가.

　혼자 있는 시간은 화장실 갈 때뿐이라는 말도 있다. 혼자 운전하거나 혼자 걷는 시간에도 전화를 받거나 강의를 듣거나 주변의 대화를 듣게 되니 그 역시 온전히 혼자 있는 시간은 아니다.

　절대 고독이라는 것이 존재할까. 모든 소음도 사라지고 곁에 아무도 없고 아무 것도 하지 않고 아무 것도 아닌 존재가 되어 내면 깊은 곳으로 침잠해 들어가는 시간.

그런데 그 내면 여행도 역시 지난 일들, 지난 일들 속의 인간과 사연이 끼어들기 십상이다. 그렇게 되면 절대고독으로 들어가는 게 아니라 추억을 반추하는 시간이 되고 만다. 그래서 이판 승려들은 면벽수행을 하고 암자에서 나오지 않았는지도 모른다.

현대인은 고독하기 힘든 상황 속에서 살아가는 것 같다.

고독에 대하여 두려워하는 것처럼 보일 때도 많다. 혼자 있는 것을 못견디는 것이다. 혼자 있는 것과 고독하다는 것은 의미가 좀 다르기는 하지만.

어느 프로그램에서 젊은 남녀 몇 명을 삼박사일동안 방에 가두어(?) 놓고, 목숨 같은 휴대폰도 압수한 채, 커다란 보드 하나 걸어놓고 자신에 대하여 생각하는 시간을 갖게 만들었는데, 정말이지 지켜보는 나도 힘들었다.

혼자 있는 것이 습득되지 않은 그들에게는 '사색의 감옥'에 갇힌 것이 지독한 형벌로 다가왔던 것이다. 생각을 깊게 하고 싶지 않다는 항변도 날아왔다. 생각을 하면 할수록 삶이 비관적이 되어버린다는 것이다. 어쩌다 생각(이라는 것)을 하게 되면 내가 왜 이러지? 하면서 머리를 흔들어 생각을 떨쳐버린다는 것이다.

오, 세상이 이렇게 변했구나. 한 시간짜리 프로그램을

보면서 착잡했다.

　예술이나 문학에 필요한 영감은 삶의 어느 순간 번득이면서 다가오지만(그분이 오신다고들 흔히 말한다) 찰나적인 영감을 예술화하기 위해서는, 즉 승화시키려면 그때부터는 사색이 필요하다.

　진득하니 붙들고 늘어지는 것. 생각의 켜를 자꾸 쌓는 것. 그래서, 그래서, 그래서를 반복하면서 깊게 내려가 보는 것이다.

　하지만 즉각적인 효과에 익숙한 현대인들은 키가 일 센티도 자라지 않는 내면의 성장에 대한 기대감 자체가 없는 것 같다.

　요즘 젊은이들을 보면서 아쉬운 부분은 내면보다 외면에 치중하는 것이다. 풀 메이크업을 한 여고생을 만나면 마음이 좀 슬퍼진다. 나도 화장 경력이라는 게 있어서 얼마만큼의 공을 들여야 저런 메이크업이 나온다는 것을 알고 있으므로 더욱 그런 생각이 든다. 거울 앞에서 마스카라로 눈썹을 올리면서 하이데거를 불러올 수는 없는 노릇이기에.

　게다가 언제부터인가 TV프로그램에 자막이 등장하기 시작했다. 상황이나 그림을 보고 시청자들이 생각해야 하는데, 결론까지 자막으로 성실하게 다 써주는 것이다. 시청자들은 그냥 그림보고 자막 보면서 자막이 의도한 대로 따라 가면서 같이 웃거나 울게 만들어버렸다. 시청자를 생각 1도 없는 수준으로 만들어버린 것이야말로 방송 최대의 폐해다.

생각은 언제 어디서나 할 수 있지만 사색은 다르다.

할 일이 누적되어 있거나 바쁘거나 몸이 분주하면 사색할 수 없다.

바쁘게 살지 않으면 루저 취급을 당하는 사회에서 생각을 넘어서 '사색'까지 요구하기는 어려운지도 모르겠다. 하지만 총체적인 책임은 결국 자신이 짊어져야 하는 것이 아닐까. 생각을 하지 않겠다고 선택한 것도 자신이니 말이다.

누가 뭐래도 나는 내 인생을 사는 것이니 당신이 나를 보고 생각 없이 산다고 뭐라 할 일은 아니잖아. 이렇게 말하면 할 말은 없지만.

성공을 향해 스프링 벅 처럼 모두 달려가는데 왜 나만 뒤를 돌아봐서 쳐질 필요가 있겠느냐고, 그렇게 되묻는다면 나의 짧은 지식과 언변으로는 설득시키기 힘들다.

그래도 굳세게 생각 좀 하고 살자, 아니 사색의 시간을 좀 가지면서 살자고 자꾸 잔소리를 하는 것은 그들을 사랑하기 때문이다.

풍요롭고 아름답게 사는 것은 돈을 많이 벌거나 강남

성형외과에서 필러를 맞는 것보다 더 귀한 어떤 것이 있다고 자꾸 말하고 싶어지는 이 마음은 어떡하란 말인가. 이래서 잔소리나 하는 어른으로 취급받겠지. 나이 들수록 입을 다물고 살아야 하는데.

사색은커녕 생각조차 하지 않게 된 현실을 '생각 없이' 그냥 살아도 별문제가 없을 것이라고 생각하는 것이 잘못된 것이라고 생각할 겨를도 없이 살아가는 사람들에 대한(이렇게 길게 문장을 늘여 쓰는 것은 좀 죄송하지만) 안타까움을 그들이 알까 모르겠다.

작가의 말

　그녀의 집은 모든 것이 과거였다. 오래된 사진, 오래된 그림, 오래된 책, 그리고 무엇보다 오래된(그러니까 늙은) 그녀. 그녀는 마치 정물화에서 튀어나온 것 같았다. 그만큼 고요했다.

　문을 연 나를 맞이한 것은 짐승의 냄새였다. 이름은 잊은, 두 음절의 이름을 가진 고양이가 게으르게 기지개를 켜고 거실을 어슬렁거렸다. 그의 약간 처진 긴 꼬리가 권태로웠다.

　미처 고양이를 발견하기 전, 나는 그녀의 냄새일까 하면서 고개를 갸웃했다. 여자에게서 짐승의 냄새가 난다 하더라도 놀랄 일은 아니었지만.

　실내는 어두웠다.

평편하지 않은 지대 때문인지 실내는 몇 개의 계단이 있어 복층처럼 보였다. 작은 창문 아래 싱크대에서 그릇을 씻고 있는 여자의 뒷모습이 고독했다.

벽에 빼곡히 걸려있는 액자들은 각기 다른 색깔로 나를 맞이했는데 한 작품 한 작품 감상할 여유는 없었다. 지금은 바로 그녀(만)을 감상할 때다.

나는 전시회를 별로 좋아하지 않는다. 그 며칠 전 여행에서 박물관을 방문했을 때도 가장 빠른 속도로 전시코스를 돌아 나와 벤치에 앉았다. 흘러가는 구름을 유물처럼 바라보며 담배를 피웠다. 누군가 건네준, 알루미늄 수통에 담긴 위스키를 기분 좋게 홀짝거리면서.

여자는 책이 가득한 방으로 안내했다. 과연 그 방의 주인은 책이었다. 그리고 가야금. 그리고 베토벤 피아노협주곡 5번.

소박한 휴대용 카세트에서 모노처럼 한쪽만 잉잉거리면서 황제가 흘러나왔는데 느낌이 아주 좋았다. 그녀의 방에서는 아무래도 베토벤이었다.

우리는 포도주를 마셨다.

단단하게 마감된 코르크마개를 따는데 무려 십여 분 이상이 걸렸다. 천천히, 마치 슬로우 비디오를 보는 것처럼 느리게 흘러가던 시간은 정말 십분이었을까? 십년은 아니었을까?

그녀의 얼굴, 손, 손에 불거진 퍼런 힘줄, 한 곳에 힘을 주느라 경직된 어깨, 단단히 포도주를 받치고 있던 무릎. 그녀의 몸은 언어를 비문으로 새겨 놓은 고요한 비석 같았다. 그래서일까, 술병 하나 따는 것도 제의처럼 경건했다.

목 넘김이 좋은 포도주를 마시면서 그녀와 이야기했다.

나는 작가라는 그녀의 직업과 여자라는 그녀의 정체성과 어떤 연관이 있는지, 무엇이 무엇을 포괄하고 있는지 모르겠다.

여자는 천상 여자인 듯 보이기도 했고 어느 한 편은 세상의 모든 남자를 다 품을 것 같은 요부 같기도 했다. 좀 더 매혹적인 요부의 모습을 기대했지만 흔적은 희미했다. 만약 오년이나 십년 전 쯤 만났더라면...

여자의 깊은 곳에서 우러나는 배려와 사랑과 친절과 순간 순간 확연히 느껴지는 동일시에는 감사하지만 내가 바라는 모습은 아니었다.

나는 여자가 좀 더 오만하고 거침없고 거짓말과 요설로 가득 찬 언어의 향연을 포도주처럼 황홀하게 펼치기를 기대했다. 하지만 이미 그런 시절은 지나있었던 것일까.

슬펐다.

그러면서도 현재의 여자 모습을 사랑하지 않을 수 없었다. 일흔이 넘은 나이에도 매혹을 불러오는 모습과 옷을 하나도 입지 않아도 부끄러워하지 않을 페르소나를 가진 그녀가 부러웠다.

어눌하면서도 진실한 그녀의 언어는 곧 문장이었다. 받아 적으면 받아 적는대로 빛나고 아름다울 문어체 문장이 그녀의 일상 언어였다.

나는 그녀의 지독한 사랑과 지독한 체념과 지독한 자기애를 동시에 사랑하기로 했다. 미친 듯이 신에게 몰두하는 가이없는 사랑도.

'다음 백과'에 적힌 그녀에 대한 길고 긴 서술 중에서 몇 문장을 떼어내어 나의 심중에 꽂는다.

'병적인 수줍음과 비사교적인 성격'

'그녀는 리얼리즘을 바탕으로 한 상징적이고 우화적인 수법으로 자아의 갈등을 작품화했는데, 현실적인 삶의 조건에 대해 보다 인간적인 관찰을 거쳐 초월적 입장에서 어떤 절대 세계에 의미를 부여하는 경향을 보인다.'

또 다른 그녀에 대한 소개 글을 읽는다.

'23세 때부터 독립해서 직장 생활을 했고, 퇴근 후 글을 쓰기 시작했다. 40대 이후엔 많은 시간을 여행하면서 보냈다. 지금까지 45개국 160여 도시를 찾아다녔다. 취미는 걸으면서 묵상하는 것과 낯선 도시의 골목길을 배회하는 것과 춤추는 것이다.'

낯 선 도시의 어느 골목에서, 수피춤을 추는 남자처럼 눈을 감고 느리게 춤을 추는 그녀를 그려 본다. 영원히 끝나지 않을 것 같은 그녀의 춤. 그냥 상상만 했을 뿐인데 와락, 알 수 없는 슬픔이 몰려왔다.

작가는 모든 것이 작가의 말이다. 작가의 얼굴, 작가의 방, 작가의 책, 작가의 눈물, 작가의 노래, 작가의 외투, 작가의 그림, 작가의 한숨, 작가의 패스포트까지.

약간의 술에 뺨이 붉어지고 목소리 톤이 조금은 높아진 여자가 말했다.

"작가는 가장 아프게, 가장 나중까지 우는 자다."

고요한 밤의 유곽에서 놀기도 했다

-담양 집필실 체류기-

자연의 대척점에 문화가 있다면 나는 다분히 문화적이라고 할 수 있겠다.

서울 태생이라는 것도 한 몫 했을 것이다. 피부에 와 닿는 모든 주변의 경관들을 느끼고 감각하고 흡수하는 어린 시절의 기억에 자연이란 존재하지 않았다. 흙을 밟지 않고 살아온 햇수와 나의 나이가 같은 것을 감안한다면 어쩌면 당연한 일인지도.

아침에 일어나 커피 한 잔을 마시지 않으면 눈이 제대로 떠지지 않고, 알맞은 볼륨으로 틀어놓은 클래식에 발장단을 맞추며 신문은 부음 난까지 훑어야 하고 몇 분 이내에 갈 수 있는 편의점에 들러 달콤한 스니커즈를 몇 개 집어 들고 24

시 사우나에서 타투 코너를 기웃거리던 내가, 이 나이에, 드디어 자연과 마주할 기회를 갖게 되었다.

기대하지는 않았다.

나에게는 몇 가지 집필의 미션이 있었고 해를 마감하는 순간이었으므로 마음이 조급했다. 나에게 필요한 것은 집중력과 집중력을 극대화 할 수 있는 고독한 방이었다. 될 수 있으면 일상을 영위했던 지역적 범위를 멀리 떠나고 싶었기에(거리를 멀리 떨어뜨려 놓으면 마음자리가 더 고요할 것이라는 착각으로)내 인생에서 단 한 번도 가보지 않았던 남도 지방으로 떠났다.

멀었다. 집과 주변의 인간들과의 거리가 점점 멀어지자 비로소 숨을 제대로 쉴 수 있었다. 왈칵 쏟아질 것 같은 울음을 삼켰다. 실은 그 모든 것이 핑계였다는 것을 내 양심은 알고 있었다.

그렇게 낯선 자연의 풍광이 펼쳐진 '자발적 유배지'에 (드디어) 도착했다. 나에게 허락된 한 달이라는 유배의 시간에 나는 무엇을 어떤 것을 영혼의 감각 속으로 새겨 넣을 수 있을까.

아는 사람은 단 한 명도 없는 낯선 곳에서 나는 노트북을 연인처럼 가슴에 품었다.

이제는 너밖에 없구나. 내 영혼의 외침을 받아 적고, 스피커도 없이 잉잉거리는 바그너로 나를 위로해 줄 소울 메이트는.

아침 산책이 예기치 않은 기쁨을 준 것은 정말 의외였다.
첫날 아침 일어나 커튼을 젖혔는데 크고 넓은 창으로 채 어둠이 가시지 않은 풍경이 어슴푸레 보였다. 창밖에는 이제껏 내가 보지 못했던 부드러운 곡선의 풍경화가 창을 액자 삼아 담겨 있었다.

창백한 달이 부끄러운 듯 막 숨어들어가려 하는, 과체중 여인의 허리처럼 푸근하고 부드러운 라인의 나지막한 산등성.

하얗게 서리가 내린, 추수가 끝난 허허로운 논둑길과 서서히 제 빛깔을 드러내는 나무, 나무들. 그 풍경화에서는 목청 좋은 닭의 홰치는 소리와 알 수 없는 슬픔이 담겨있는 듯 한 개 짖는 소리까지 보너스처럼 들려왔다.

그 매력적인 풍경 속에 나의 몸을 들이밀고 싶은 욕구는 어쩌면 당연한 것이었으리라. 그리하여 코끝에 싸아하게 번져오는 공해 없는 아침 공기를 마약처럼 들이마시며 맨발에 신발을 꿰었다.

고즈넉한 아침의 하늘을 머리에 이고 찬 서리 내린 둔덕을 걸었다. 검붉은 흙덩이 사이로 고개를 들이민, 아직도 제 색을 간직하고 있는 이름 모를 풀은 풋내 나는 소년의 첫 키스처럼 산책 내내 살짝 드러난 발등을 간질였다. 이것들이 감히, 차도녀(?)의 헐렁한 바지 속의 맨살을 더듬고 있었던 것이다. 그것이 자연과의 첫 접선이었다. 나는 그 상큼하고도 새침한 감촉을 은밀히 즐겼다.

걸음을 옮길수록 단단하게 나를 감싸는 대지의 기운을 충분히 느낄 수 있었다. 볏짚을 말아놓은 커다랗고 하얀 더미들조차 공룡알처럼 느껴지는 것이 신기했다.

작은 다리 밑으로 순결한 처녀 같은 물이 훌렁훌렁 춤을 추듯 흘러갔다. 굴뚝에서 피어오르는 다분히 몽환적인 연기와 차가운 공기에 휩쓸려 다가오는 매캐하고도 달콤한 냄새에 나는 마음을 빼앗겼다.

뿐인가, 풀어 기르는 흑염소의 목젖을 떠는 구슬픈 울음소리와 저 멀리 개사육장에서 들려오는 개들의 울분 가득한 우짖음, 바로 코앞에서 푸드득 날아오르는 까투리의 힘찬 날갯짓 소리에 반쯤 남은 마음마저 빼앗기고 말았다.

그 비어버린 마음자리에 비로소 나의 표상과 마주할 수 있었다. 단단해 보이는 흙인데도 밟으면 살며시 눌리는 부드러운 촉감을, 잡초 사이 피어난 이름 모를 꽃의 숨결을 느끼면서, 꽉 찬 스케줄 속에서 미친 듯 시간을 쪼개면서 살아온 세월의 여백을 사랑할 수 있게 된 것이다.

그런 면에서 아침 산책은 다분히 쾌락적이었다.

책이나 음악이나 커피 한 잔으로 얻을 수 있었던 문화적 친밀감은 풀섶의 이슬방울과 바람이 불 때마다 후드득 떨어지는 낙엽의 군무와 끈적한 송진이 묻어나는 장작과 누군가 따준 모과 몇 알로 대체되었다.

시간이 천천히 흘러가는 오후에는 편백나무 숲을 산책했다. 가쁜 숨을 몰아쉬며 산등성이를 타고 올라 오래된 동굴을 돌아보기도 했고, 완만하게 휘어진 작은 길을 끝없이 걸어 한적한 저수지에 이르러 물수제비뜨는 연습을 했다. 이것이야말로 생애 최대의 누림이 아니었을까.

그뿐 아니었다. 자연의 끊임없는 유혹에 정신을 차릴 수 없을 지경이었다.

바람과 함께 노니느라 늘 수런거리는 대숲에서 흑자줏빛 꽁지가 아름다운 이름 모를 새가 불현듯 튀어 올랐다. 짙푸른 물에 비춰진 어지러운 손금 같은 나뭇가지들은 교묘하게 나의 감성을 자극했다. 그것은 시간과 마음을 엮는 한 폭의 추상화였다. 그 속에 형용키 어려운 신들의 언어가 반짝였다. 검은 날개를 가진 화가의 붓놀림은 먹장구름 몇 개 떠 있던 나의 마음을 서서히 희석시켰다.

도도한 선비들이 풍류를 즐겼던 정자의 뜨락에는 헤일수 없이 많은 배롱나무들이 저마다 사랑을 논하느라 길고 가는 팔을 흔들어 눈물이 쏟아질 것 같은 연서를 써내려갔다. 그 깊고 오래된 사연을 나는 손바닥으로 쓸어내렸다. 그네들의 타는 가슴이 내 가슴에도 점자처럼 박혀버려 붉디붉은 단풍이 깔린 뒤뜰에서 담배 한 대 입에 물어야 했다. 내가 뿜어낸 것은 겹겹의 베일을 벗겨낸 오래 된 상처들이었다. 그것들은 한 줌 담배 연기로 자연 속으로 귀화했다. 이른바 힐링 타임이었던 것이다.

고요한 밤의 유곽에서 놀기도 했다.

검은 벨벳 같은 밤하늘 가득 수놓은 별과 날마다 조금씩 살이 찌거나 야위어가는 달을 쳐다보면 절로 무릎이 꿇어지고 나도 모르게 기도하고 싶었다.

바람이 나뭇잎을 흔드는 소리는 왜 어둠 속에서는 더욱 크게 들리는지. 커다란 화덕 속의 장작은 어찌하여 밤이면 더욱 활활 타오르는지. 성실하게 불을 지피는 화부 곁에 쭈그리고 앉으면 불의 숨소리, 불의 흐느낌에 빨려들면서 조로아스터 교인이 되기도 하고, 혀를 날름거리며 유혹하는 무수한 불의 언어에 詩라는 관을 씌어 주며 스스로 시인이 되기도 했다.

저토록 훨훨 타오르는 정념을 본 적이 있는가.

불길에 휩싸인 등신불의 화두 같은, 비루했던 나의 삶을 통째로 안고 위로해주는 듯한 통나무의 타닥이는 소리를 들은 적이 있는가. 불길 가까이 몸을 기울여 화신이 되는 꿈을 꾸었다. 그 어느 한 순간, 찾아 온 니르바나.

그곳에 내가 과연 있었던 것일까. 가슴 깊숙한 곳에 숨겨 놓았던 질펀한 슬픔의 뭉텅이들과 잊을 수 없는 고통의 순간들까지 불속으로 뛰어들어 사위워 갔다. 나는 숨을 멈췄고 어느 순간 죽었으며 다시 어느 순간에 이르러서는 기지개를 켜고 나른한 몸을 일으키는 여섯 살의 소녀가 되어 불길 한 줌을 손에 쥐었다. 그것은 꿈. 사는 내내 나를 뜨겁게 달구었던 꿈이었고 앞으로도 내 영혼의 손아귀에 그대로 간직된 채 죽을 때까지 그 뜨거움을 간직하게 될, 바로 그 꿈이었다.

깊이 침잠하여 사유 깊은 글 한 줄 건지러 들어왔던 남도의 외딴 산골에서 나는 오히려 자연이 써 내려간 유려한 집필을 내 몸 깊숙한 곳에 각인하고 돌아왔다.

하여, 도회에서의 삶의 순간마다 그 심지 깊은 느림의 시간의 기억을 떠올리지 않을 수 없게 되었다.

전망 좋은 카페의 안락한 소파에 몸을 깊숙이 묻고 휘핑

크림이 듬뿍 얹어진 모카커피를 홀짝거릴 때도 등 뒤에서는 여전히 차가운 겨울 숲을 서성이던 밤하늘의 별이 반짝일 것이다. 빌딩 숲 사이를 종종걸음 칠 때도 들판의 풀섶 사이에 박혀있던 컹컹 외로운 개의 울음이 들릴 것이다. 발길에 감기는 광고전단을 강박적으로 읽어내려 가다가도, 발등에 은밀하게 입을 맞추었던 풀잎의 날카로운 키스의 기억으로 잠시 몸을 떨기도 하겠지.

나의 서재에 고즈넉하게 자리 잡고 있는, 서툰 톱질로 잘라낸 편백나무 작은 등걸을 바라본다. 손안에 맞춤한 그 앙증맞은 등걸은, 단호하게 예견되어 있는 나의 고단한 삶의 어느 날 지친 걸음을 멈추고, 이글거렸던 불의 그 뜨거운 꿈을 다시금 기억하게 할 것이다. 그리하여 한없이 비굴해지려는 영혼을 다시 일으켜 세울 수 있는 쉼터가 될지도 모르겠다.

비연속적인 슬픔

얼마 전 인륜지대사 중의 하나인 장례절차를 곁눈질할 기회가 있었다. 그 죽음의 당사자가 무려 사십 년 가까운 오랜 인연을 가진 선배임에도 불구하고, 그 선배가 개인적으로 베풀어준 끝없는 사랑의 무게에도 불구하고 쉽사리 눈물 흘리지 못하고 쉽사리 감성 속으로 함몰되지 않는 나를 직시하는 시간이었다.

그것을 작가적 근성이라고 미화할 수도 있겠다. 하지만 나의 내면에 자리 잡은 냉정함도 한 몫 했으리라는 생각이다.

지극히 감성적인 나와 지극히 이성적인 나는 늘 함께 존재하는 것 같다. 울고 있는 나와 울고 있는 나를 바라보는 나. 삶의 어떤 순간에도 경험하는 나와 경험하는 나를 바라보는 내가 합일된 적은 없는 것 같다. 그것은 나의 의지와는 별개의 문제이다.

미쳐 날뛰는 나와, 미쳐 날뛰는 나를 바라보는 내가 그토록 불협화음을 만들어내던 지난날과는 달리 분열된 자아를 다독거리는 힘이 생긴 것은 늦은 감은 없지 않지만 그나마 다행이다.

하마터면 죽을 때까지 나에 대한 두려움으로 인생을 망칠 뻔 했다. 스피노자에 따르면 '두려움이란 우리가 그 결과에 대하여 어느 정도 의심하는 미래 또는 과거 사물의 관념에서 생기는 비연속적인 슬픔'이다.

스피노자의 깊은 뜻이야 알 수 없지만 자신에 대한 환(幻)과 멸(滅)을 동시에 끌어안을 수 있게 된 내성은 앞으로 내가 살아갈 힘이 될 것이 분명하다. 보통 인간의 복잡성에 작가적 특성을 더하여 갑절의 감성을 누리게 된 것을 어떻게 해석해야 할지 모르지만.

관혼상제의 격식은, 그 중에서 죽음을 맞이하는 방식은 슬픔을 제대로 느끼지 못하게끔 일부러 복잡하게 만들어 놓은 것 같다. 게다가 신은 그 어느 순간에도 우리에게 생명을 가진 자로서의 행위(죽을 만큼 목 놓아 울다가도 화장실에 가야한다. 물이라도 마셔야한다. 쪽잠이라도 자야한다. 문상객을 외면하고 영정만 바라볼 수 없다. 상에 차려진 머릿고기가 질긴지 맛이 갔는지 혀의 식감이 판별하기를 쉬지 않는다)를 계속하게 함으로써 인간으로서의 비루함을 느낄 수밖에 없게 만든다.

스피노자가 말한 비연속적인 슬픔의 의미와는 사뭇 다르긴 해도 신은 신 이외의 그 어느 것에도 깊이 함몰되는 것을 질투하는 것 같았다.

인간은 감성이나 감정을 일관되게 끌고 갈 힘조차 없는 나약한 존재라는 자각이 나를 더욱 슬프게 한다. 게다가 인간들의 '예(禮)를 빙자한' 상업주의에 놀아나는 장례 절차에 의하여 수시로 단절될 수밖에 없기에 결국 '비연속적'이 되어버리는 슬픔을 보면 더욱 그러하다.

나는, 보지 않으려 해도 보이는 장면들을, 보는 즉시 마음의 망막에 각인시켜버리는 나의 작가적 습성을 혐오한다. 아무리 잊어버리려고 해도 어딘가에 저장되어 있는 이 비연속적인 슬픔을 견디지 못하겠다.

재이의 저녁

재이는 책을 덮었다.

그 책은 문장이 너무 단단하여 다른 책들보다 책장을 넘기기 힘들었지만 매력적이었다. 재이는 한 번도 만난 적이 없는 그가 쓴 거의 모든 책을 샀고, 절판된 책은 도서관을 전전하며 읽었다. 그중 마음에 드는 에세이 소설은 글을 쓰는 지인들에게 선물하기도 했다.

물론 재이는 알고 있었다. 그 작가의 책을 읽은 어떤 사람도 그를 이해한다거나, 그의 글을 이해한다거나, 아니면 그의 생각을 이해한다는 것은 불가능한 일이라는 것을.

재이 역시 그의 글을 이해하지 못했지만 그의 책을 읽으면 자주 어떤 통증을 느꼈다.

무엇인가 자신의 어깨나 겨드랑이, 명치와 발뒤꿈치까지

몸의 구석구석을 칼로 저미는 고통을 주는 존재가 있다는 것은 재이에게 경이로움이었다. 그 통증은 마약처럼 강렬해서 작가를 사랑하는 비중만큼 질투하게 만들었다.

그의 핏빛 문장에 얽혀 있는 비수와 같은 예리한 삶의 관조 각도를, 냉정한 눈빛에 겹쳐져 있는 열병에 걸린 듯한 자유에의 허망한 탐닉를, 그리고 마치 일부러 독자를 놀리는 것처럼, 아니 정말 그럴지도 모른다, 도무지 예측할 수 없는 사유의 진행과 돌연한 결말을. 그러면서도 어느 순간에는 그 모든 것을 비웃는 듯한 그가 부러웠다.

재이는 알고 있었다.

그의 글에 빠져있는 마니아들은 몽롱한 눈빛으로 그의 글 터치에 미친 황홀을 경험한다는 것을. 자옥하고도 달콤한 혼돈 속에서 자신조차도 보이지 않게 된 투명한 자신의 모습에 안심하면서 욕실에 누워, 눈을 감고 그의 글을 떠올리면서, 영혼과 몸이 동시에 부풀어 오르는 경험을 하고, 그리하여 또 다시 어쩔 수 없이, 영혼과 몸을 동시에 자위하는 경험을 하는 것을.

책을 덮은 재이는 두 손을 얌전하게 책 위에 올려놓았다. 마치 그렇게밖에 할 수 없다는 듯 그녀는 손바닥으로 책의 표면을 쓸었다. 엠보싱 된 표지의 질감이 그녀의 가슴에도 어떤 균열을 일으키고 있었다. 그녀는 책을 읽는 지난 삼일 동안 조금씩 자신이 균열되어가고 있다고 생각하고 있었다.

눈길이 저절로 거실 정면에 있는 두 개의 시계로 향했다. 매 시간마다 캐럴이 울리는 시계 그리고 매 시간마다 새소리가 나는 시계가 나란히 걸려있다.

오랫동안 거실 벽을 지키고 있는 두 개의 시계는 약간의 시간 차가 있어 새소리와 캐럴이 동시에 울린 적은 없었다.

그녀는 겨울을 좋아했으므로 한 여름이나 가을 오후에 캐럴을 들으면서 차가운 바람과 폭설, 날카롭게 잘라진 얼음 위나 눈길을 밟는 소리와 빨갛게 언 뺨을 떠올리는 것이 즐거웠다.

하지만 지금은 2월이었다.

재이는 그것만으로도 충분히 불행했다. 이제, 사람들은 모두 두꺼운 옷을 벗어버리고, 핑크빛 얇은 머플러를 목에 감고 놀이동산에서 바이킹을 타면서 소리 지르거나, 아무도 모르게 연인의 얇은 코트 아래로 손을 넣어 서로의 허리 아래를 더듬거나, 나른한 봄볕아래 페인트 통을 들고 낡고 빛바랜 차양을 푸른색으로 덧칠하거나, 올드 팝이 흘러나오는 FM을 크게 틀어놓고 바닷가를 향하여 달릴 것이다. 그들은 봄이 와서 행복할 것이다. 그녀의 시간 속에 다가올 겨울이 있는지 재이는 확신할 수 없었다.

재이는 창가로 다가갔다.

밖은 어둠이 깃들기 시작하고 있었다. 재이의 시간은 어둠에서부터 출발한다.

아직 헤드라이트를 켜지 않은 차들이 파킹을 하거나 옆 블록으로 가기 위하여 회전하는 모습이 보였다. 희고 검은 차 그리고 스칼렛 레드의 소형차, 대형할인마트 봉투를 힘겹게 들고 걸어오는 젊은 여자의 가는 다리와 피자배달을 하는 소년의 알루미늄 헬멧이 이제 막 켜진 가로등 아래서 외계인 마스크처럼 표정 없이 빛났다.

그리고,

그곳에는 작은 화단이 있었다. 지난 밤 재이가 술에 취해 쓰러졌던 화단이었다.

그늘 진 곳의 차가운 눈을 만졌던 기억. 억센 나뭇가지가 꺾였고 등과 허리가 무엇엔가 부딪쳤다. 그녀는 쓰러진 채 계속 누군가와 통화를 했다. 목소리는 건너편에서 들리기도 했고, 어느 순간은 거대한 빙하 덩어리가 녹는 것처럼 모든 것이 차가운 몸 안에 함몰되었다.

주차된 차의 바퀴 밑으로 들어간 다리의 섬뜩한 감촉, 한없이 깊고 푸르렀던 하늘의 별과 손톱으로 후벼 팠던 흙의 냄새. 그것은 재이에게 숨을 쉬고 있다는 것에 대한 환멸과 내일이 있다는 것에 대한 공포와 그녀 자신이 아직도 살아있다는 것에 대한 고통으로 이어졌다. 그리고 기억들, 혹은 기억나지 않는 기억들.

화단을 내려다보던 재이는 팔목과 손등의 상처를 보았다. 소독을 하지 않아 화농이 된 상처는 쓰리고 아팠다. 그녀가 가늠해보는 행적과 시간의 흐름은 한 시간 이상의 간극이 있었지만 그것이 꿈이 아니라는 것은 몸의 몇 군데 멍 자국이 확인해주고 있었다. 그때 재이의 시간은 존재하기나 했던 것일까.

서랍에서 마지막 담뱃갑을 꺼낸 재이는 담배를 문 채 원두커피를 내리고 빵을 구웠다.

습관적으로 TV를 켰고 아프리카를 여행하는 젊은 여자의 내레이션을 들으며 커피를 마시며 구운 빵을 먹었다. 화면에 가득 찬, 눈 덮인 킬리만자로를 보았다. 웅장하면서도 편안해 보이는 산이었다.

커피를 마시면서 재이는 외국에 살고 있는 친척에게 메일을 보냈다. 삶의 난폭함에 대하여 쓰고 싶었지만 삶의 가능성에 대하여 쓸 수밖에 없었다. 사람은 누구에게나 진실할 수 없다. 혈육에게는 더욱이나.

재이는 다시 몇 군데 메일을 보냈다. 일을 몰아서 하는 경향이 있는 그녀는 여러 겹의 슬픔과 환희와 환멸을 구분하지 못한 채 겪었다. 삶은 자신의 의지대로 진행되지만 정작 자신은 의지의 간섭을 부정한다는 것을 알고 있었다. 회피하고 싶은 것이다.

재이는 거의 똑같은 양식의 신청서를 헷갈리지 않으려고 주의하면서 메일을 보냈다. 남쪽 고즈넉한 산골의 집필실에 메일을 보내자마자 그녀는 전화를 받았다.

전화를 건 사람은 낯선 남자였다.

남자는 재이의 이름을 물었는데 이름을 묻는 순간 그녀는 당황했다. 그녀는 자신의 이름을 잊어버리고 있었던 것이다. 아니, 잊고 싶었던 것인지도 모른다. 맞습니다만. 재이는 자신의 목소리가 낯설다고 생각했다. 나는 누구인가.

재이야말로 자신을 부인하고 싶은 사람이지만 사람들은 그녀의 존재를 이름으로 인식했다. 어쩌겠나. 그들은 그렇게밖에 재이를 변별할 수 없는 것이다.

재차 이름을 확인한 남자는 방금 메일을 읽었다고 했다. 사투리는 쓰지 않았지만 표준말을 사용하려는 노력이 엿보이는 말투였다. 그는 재이가 원하는 기간을 맞출 수 없기 때문에 연락을 취한 것이라고 부언 설명했다. 재이는 그의 지나친 호의에 대하여 감사를 해야 할지 머뭇거렸다. 그녀는 얼마 전부터 남자의 지나친 '호의'에 대하여 회의가 깊어지는 중이었다.

재이는 달력을 보면서 다시 날짜를 조정했다. 남자는 그녀가 원하지 않은 정보에 대해서도 계속 알려주기를 원했다. 계절에 따른 주변의 경관과 머물 곳에 대한 세심한 설명. 그는 계속해서 재이가 요청한 날보다 오래 머물 수 있다는 것을 강조했다. 그는 재이가 꼭 그곳에 갈 것이라는 언질을 받아야 전화를 끊을 것 같은 기세였다. 재이는 그에 대한 의구심과 그 어떤 깊은 생각을 포기했다. 진심으로 감사해야한다고 자신에게 되뇌었고, 그리고 진심으로 감사하다고 말했다.

그렇게 해서 한 달의 잠적을 승인받은 집필실은 한 번도 가본 적이 없고 재이가 사는 곳에서는 너무도 멀리 떨어진 곳이었지만 그녀는 만족했다. 테이블 다이어리에 그녀에게 다가올 시간을 체크했다. 체크를 하면서 재이는 생각했다. 어쩌면 산다는 것은 생각보다 쉬운 일인지도 모른다.

두잔 째의 커피를 마시면서 그녀는 온종일 되풀이된 뉴스를 다시 듣고 가나에서 시집 온 여인의 이야기를 보았다. 그녀의 삶이 너무 고통스러워서 여인의 머리를 감싼 새하얀 터번이 피묻은 붕대처럼 보였다.

석잔 째 커피를 마시면서 오래전 읽었던 에세이집을 펼쳤다. 그녀는 그 에세이를 쓴 작가를 흠모한 적이 있었다. 작가에 대한 찬사로 도배된 서언과 표사 글을 읽고 출판 년월일을 보았다. 1985년 11월 21일.

재이가 스물여덟 살이었을 때 작가는 서른세 살이었고, 그 역시 죽음을 생각했고 그리고 글을 썼다. 그런 허망한 짓을 그도 했구나. 재이는 소리 없이 웃었다. 살아있어야 한다는 사실에 비명을 지르고 싶었던 시절이었다. 어떤 사람은 죽음의 유혹 다음 순간을 글로 연결하기도 하고 어떤 사람은 글의 다음 순간을 죽음으로 연결하기도 한다. 희열과 고통이 겹쳐지는 그 시간은 그렇게 운명을 비스킷처럼 부숴버리고 마는 것이다.

재이는 다시 벽에 걸려있는 시계를, 그녀의 시간을 보았다. 캐럴이 먼저 울리고 다음에는 새가 울 것이다. 시간은 겹치지 않았고, 그러므로 지난 일은 미래와 겹치지 않으며 그는 그와 다시는 겹치지 않을 것이다. 재이는 가만히 고개를 저었다. 이제 다시는 우연한 시간의 겹침을 기다리지 않을 것이다.

그녀의 다짐에도 눈물이 고여 있었다.

하지만. 아무도 눈물을 닦아 주지 못한다.

재이는 새삼 주위를 두리번거렸다. 모든 시간은 정지된 듯 보였다. 갑자기 비명처럼 캐럴이 울렸다.

9시였다.

새벽, 問喪

삼만 원만 넣어 달라

평생 당신을 그리워한 값으로

내 가슴에 채워 달라

가볍고 얇고 차가운 문안

그리고 내 대신 담배 한대

평생 당신 때문에 많이 아팠으니

이만 원 더 넣어 달라

싫으면 대신 나에게 절 두 번

한 번쯤은 당신의 사과를 받고 싶었으므로

깊숙하게

새벽의 빈 두레박

내 슬픔의 기원

아침부터 심보선의 시 한 구절이 나를 펑펑 울게 한다.

요즘의 나는 이렇다. 시의 속살을 더듬을 때, 어느 순간 나를 전율케 하고 감각의 꼭대기로 나를 정신없이 이끌고 가는 단어들의 무참한 교합을 지켜보면서 내 영혼과 몸이 바이브레이터처럼 강렬하게 떨리는 이 경험은 무엇이란 말인가.

시집을 넘기다가 붉은 동그라미를 치고 그것도 모자라 사진으로 찍어버리고 그것도 모자라 영원히 글자를 박아버리고 싶어 모바일로 올려버리는 짓거리까지 하게 만드는 저 구절들은 대체 무어란 말인가.

기억의 한편을 꾹 누르면 흐릿한 풍경 하나 폴라로이드 사진처

럼 뽑혀 나오네. 나는 그것이 선명해질 때까지 온 육신을 흔들며 날뛰
는 존재.

-심보선 「먼지 혹은 폐허」 부분.

1980년 봄은 누구에게나 슬플까. 남편을 처음 만났던
그해, 그 봄이 역사의 중심이었다는 것은 뒤늦게 알았다.
연애를 막 시작하던 어느 날, 남편이 폴라로이드 카메라를
들고 왔다. 그날부터 남편은 풍경속에 나를 세워놓고 사진
을 찍어주었다. 당시는 흔하지 않았던 폴라로이드 카메라
는 사진을 찍으면 카메라 아랫도리에서 필름이 인화지가 되
어 스르르 밀려나왔다. 희부윰한 필름을 나는 빠른 속도로,
아주 빠른 속도로 흔들었다. 빨리 흔들어야 내재된 잉크가
한곳으로 몰리지 않고 잘 인화되는 것이다. 펄럭펄럭. 내 슬
픔의 기원은 거기에서부터 시작되었던 것일까.

1980년 봄에서부터 여름은 누구에게나 슬펐을까. 황량
한 수원의 푸른 농원과 밤꽃 흐드러진 능내의 한적한 길, 그
리고 또 어딘가에서 헤아릴 수 없는 고통과 슬픔이 매일 매
순간마다 내 자신을 가혹한 어떤 곳으로 밀고 갔다. 그때의
절망들이 지극히 사실적인 폴라로이드 사진 속에 비현실적
인 미소로 남아있다.

"나는 그것이 선명해질 때까지 온 육신을 흔들며 날뛰는 존재"

폴라로이드 필름을 흔들면서 그보다 더 위태롭게 흔들리는 자신을 어찌할 수 없어서, 결국 미래의 남편이 될 남자를 냉정한 시선으로 바라보았던 나를 떠올린다. 온 육신을 흔들며 날뛰는 존재, 라는 구절 앞에서 나는 울었다.

온 육신을 흔들며 날뛰는 존재. 이 짧은 구절이 나의 세계를 무너뜨리고 다시 세우고 있다. 시인 역시 저토록 처연한 단어를 쓰면서 필시 그 험악한 슬픔을 온전히 느꼈으리라. 분명히 감각했을 것이다. 시인에게 투명한 나의 눈물을 선물로 드리고 싶다.

그런데.

왜 하필이면 이럴 때 일어난 남편은 이렇게 글 쓰는 나에게 다가와 다정하게 나의 머리를 쓰다듬고 '공부 잘하고 있네' 하면서 '근데 나, 부탁하나 해도 돼?' 하면서 부드럽게 부탁을 하는 것일까.

그 부탁이라는 것이, 문득 차이코프스키 바이올린 협주곡 op 35번을 듣고 싶으니 좀 들려주면 안 되겠느냐는 서글픈 리퀘스트 뮤직인 것일까. 그리하여 유튜브에서 내가 고른 동영상은 왜 또 하필이면 정명훈 지휘의 연주란 말인가.

새벽의 빈 두레박

몇 년 전 해남 대흥사에서 템플스테이를 했다. 새벽 3시 예불 시간에 가고 싶어 두시 반에 일어났다. 평생을 교회 새 벽예배나 성당 새벽미사만 참석했던 터라 불교식 예불 시 간이 궁금하기도 했다. 아득하게 보이는 희미한 법당 불빛 에 의지하며 새카만 어둠속을 더듬거리며 기어 내려갔다.

멀리 어둠속에서 홀로 범종을 치는 스님의 장삼자락이 외로워 보였다. 향내 가득한 법당 안에는 방석마다 꽃처럼 신도들이 앉아있는데 목탁 소리와 독경 소리가 그렇게 그 윽할 수가 없었다. 새벽에 종교생활을 하기에는 교회보다는 성당이, 성당보다는 절이 한 수 위인 것 같다.

내가 알고 있는 어떤 소설가는 매일 새벽 3시에 일어난다.

오, 3시! 나에게 3시는 영혼의 시간이다. 꿈 속에서 신과 교류하거나 내 속의 나를 만나는 시간.

그런 영혼의 시간에 그 소설가는 깨어 눈 부릅뜨고, 출근 전까지 글의 깊숙한 우물에 자신의 생명 한 움큼을 쏟아 붓는다. 길어 올리는 게 아니다. 쏟아 붓는 것이다. 나는 그렇게 생각한다.

나는 그가 새벽마다 일어나 저벅저벅 우물을 향하여 걸어가 물끄러미 깊고 어두운 우물을 굽어보다가 이윽고 자신의 목숨 서너 시간을 콸콸 쏟아 붓는 상상을 한다. 소설가가 된 이후 수십 년 째 새벽 3시에 일어나 그토록 맹렬하게 소설을 파고들지만, 아쉽게도 그의 작품은 세간의 주시를 받지 못한다.

가볍고 즐거운 독서에 눈을 돌린 독자들은 그렇다 쳐도 소위 순문을 하시는 동료 작가나 눈매 사나운 비평가들에게도 주목받지 못하는 작품을 십년에 한 권 정도 내고 있다. 말해서 무엇 하리.

프랑스 어디 살던 코제트만 레미제라블이 아니다. 어느 면에서는 소설가들도 모두 '레미제라블'이다. 신기한 것은 그 소설가는 늘 씩씩하고 의욕에 차 있으며 마치 첫사랑을 만나는 것 같은 감격어린 가슴과 빛나는 눈동자로 문학의 에네르기를 찾아 열광한다는 점이다. 수십 년 동안 지치지도 않고!

　나는 소설가란, 매일 목숨의 어느 만큼을 (무자비하게)
쏟아 붓고 아주 가끔, 실은 아주 가끔보다 훨씬 가끔, 기적
처럼 한 두레박의 물을, 밧줄을 끌어올릴 때마다 쿨렁쿨렁
쏟아지는 물의 소비를 감내하면서(결국 반의반도 남지 않
은), 이윽고 흘려버린 물이 더 많은 빈약한 두레박을 끌어
안고 글의 갈증을 해소하는 분쯤으로 생각한다. 정말이지
소설가는 시간의 낭비가 심한 직업이다. 시나 에세이 같은
짧은 글을 쓰는 사람은 모르겠으나 소설가는 그렇다.
　멀리 갈 것도 없다.
　만약 나의 인생을 소설가로서만 판단한다면, 세상에, 소
설가가 되고 싶었던 유년시절부터 반세기 이상이 지난 지금
까지 겨우 단편소설 열 몇 편을 쓴, ‘시간의 과소비의 극치’
를 보여주는 인간이 된다. 이토록 불쌍한 사람이 있나! 이토
록 어리석은 삶이 있나!

　하지만 나 같은 소설가만 있는 건 아니다. 최인호는 천재
소설가였다. 그의 작품 중에 ‘술꾼’이라는 단편소설이 있다.
처음 그 소설을 읽었을 때의 놀라움을 잊을 수 없다. 단 두
시간 만에 썼다고 회자되는 그 소설은 앉은자리에서 미친

듯이 썼을 것이다. 의미부여를 하기 이전에 이미 손끝으로 튀어나와버린 것이다. 이렇게 써야지 저렇게 써야지 하는 행동을 하기 위한 뇌의 명령어가 입력되기 이전에 이미 손으로 쓰고 있는 것이다. 그 소설 속의 모든 장면, 대화, 서술 등은 그분이 오셔서 '홀림' 속에서 썼음이 분명하다.

그의 최고 전성기였던 70년대 말 우연히 만나 사인을 부탁했는데, '이숙경 아가씨'라고 써주었다. 오, 내가 아가씨였던 시절이었군. 그의 필체는 마치 지렁이가 기어가는 것 같은 악필이었다. 그래서 신문소설을 연재하면 그의 지렁이 필체를 해독(?)하는 전문가가 한 사람 따라붙었다고 한다.

나는 천재도 물론 아니고, 그렇다고 끈질기게 붙잡고 늘어지지도 못하는 것 같다. 무엇엔가 이끌려 어느 정도까지 쓰다가 그분이 슬며시 사라지면 낙오된 철새처럼 휘휘 날개를 접었다 폈다 하면서 고통에 잠겨버리고 마는 것이다.

그분은 결코 나를 끝까지 보살펴준다거나 글의 마지막까지 옆에서 지켜준다거나 하지 않는다. 매우 불친절하게 서두에 알전구 몇 개만 켜주었다가 필라멘트를 끊어버리는 것 같다.

그런 암전의 시간이 수십 년째다. 그렇다고 불행한가 하면 꼭 그렇지도 않다. 물론 레미제라블의 인생이지만 그

불쌍함은 통상적인 의미는 아닌 것 같다.

사랑하는 자만 기다릴 수 있다.

그분이 언제 오든 소설을 사랑하는 자만 기다릴 수 있다. 기다리는 그 순간은 고통이 따르지만 고통만 있는 것은 아니다. 언제 올지 모르지만 언제인가는 반드시 오리라는 믿음으로 그를 기다리면서, 가슴이 뛰는 그 감정, 그 감성의 결이 너무도 화려하고 너무도 자극적이고 너무도 희열에 가득차서 이 세상 무엇과도 바꿀 수 없다.

그래서 쓴다. 그래서 쓰려고 노력한다. 그래서 수십 년 동안 생명 같은 시간을 쏟아 붓고 빈 두레박을 건져 올려도 실망하지 않는다.

어젯밤 일곱 권의 책이 도착했다. 사랑스럽다. 그것을 바라보는 내 눈동자도 빛나고 있을 테고 기대감에 가득 차 있으리라. 타인의 두레박을 지켜보는 기분도 첫날밤처럼 떨리고 흥분되니까.

시간이 부패시키는 기억

그들은 폴카를 추고 있었다. 무대는 좁았으나 한 치의 어둠도 용납하지 않을 만큼 빛으로 가득 차 있었다. 여자는 그들의 뺨의 솜털까지, 이마 가장자리로 흘러내리는 땀 한 방울까지 보인다고 생각했다. 필시 누렇게 변했을 손풍금 건반은 빨뿌리를 문 영감(이 영감은 눈을 뜬 적이 없다)의 손끝에서 자유자재로 눌러졌겠지.

모처럼 글쓰기로 들어가니 자동 저장된 글이 스물 몇 개라는 메시지가 떴다. 임시 저장 글이었다. 당시에는 무엇인가 쓰려고 했을 테지만 결국 쓰다 만, 몇 줄에 불과한 글들이 난수표처럼 흩어져 있었다. 하나하나 불러내어 지우기를 하는데 어느 제목이 눈에 들어왔다. 시간이 부패시키는 기억.

곰곰 생각한다. 시간이 부패시키는 기억. 왜 이런 제목의 글을 쓰려 했을까. 폴카를 추고 있는 무대라면 영화 '그녀에게'서의 마지막 장면을 떠올린 것 같다. 피나의 마주르카 포고는 정말 매력적이었으니까.

환한 봄날 같은 배경이었다. 음악도 매우 경쾌하고 등장인물들도 평범한 평화 속에서 즐거워 보였다. 하지만 그것을 보는 나는 눈물을 줄줄 흘리고 있었다. 정말 슬픈 장면은 배우들이 울 때가 아니다.

그들이 폴카를 추기 전 부터 억누를 수 없는 고통이 나를 휘감았는데 그 이유는 알 수 없다. 쿠바 여인이 창밖을 내다보는 사진에 대하여 자살한 남자의 목소리로 말해 주는 그 장면에서부터 나는 울기 시작했다.

그 후, 그 장면을 수십 번이나 되돌려보면서 울었다. 울기 위하여 그 장면을 보았다고 해도 과언이 아닐 만큼 나는 빠져 들어갔다. 거의 흐느끼면서 영화를 보는데 화면은 느닷없이 해맑은 봄날 사람들이 폴카를 추는 모습으로 전환된다. 그 장면을, 첫 장면처럼 주인공들은 객석에 앉아 보고 있는 것이다. 영화는 다시 새롭게 시작될 것처럼 보이는 마지막 장면으로 끝이 났다. 그 엔딩은 결코 슬프지 않았는데 나는 죽을 것처럼 슬펐다.

영화는 보이는 장면과 내 마음속에서 형성된 어떤 영상

들이 합쳐져서 촉수가 민감한 감성들로 덧칠된 후 어떤 감정의 형태로 뇌 속에 저장되는 것 같다. 그렇지 않고서야 수십 번씩 똑같은 장면을 볼 때마다 서러운 눈물이 쉬지 않고 흐르는 '기적적'인 일이 매번 일어날 리가 없는 것이다.

사랑이란 타인 속에서 내가 죽는 것이다.

신의 문장처럼 거룩하나, 나는 단언코 베니뇨만을 위해 쓰겠다.

영화 '그녀에게'는 각기 다른 기억과 감정을 가진 사람들의 이야기이다.*

그리고 그리워지는 기억을 감당할 자신이 없는 쓸쓸한 사람들, 상실을 극복하는 다른 방법 때문에 결국 나란히 걷지 못하는 사람들의 쓸쓸함을 담은 영화이다.

지난 토요일 모임에서도 왜곡된 기억에 대한 이야기가 나왔다. 수십 년을 굳게 믿고 있던 어떤 기억이 알고 보니 자신의 착각이었다는 것이다. 그런 일이야 비일비재하므로 기억은 믿을 수 없다. 하지만 왜곡이라는 단어와 내가 굳이 사용한 '부패'라는 단어와는 확연한 차이가 있다. 나는 왜 굳이 부패라는 단어를 골랐을까.

오늘은 좀 이상하다.

시간이 부패시킨 기억들이, 다분히 소설적인 기억들이, 싸구려 구슬처럼 바닥에 흩어진 채 온방에 가득하다. 짧고 긴 이야기들. 짧고 긴 기억들. 짧고 긴 슬픔들.

시간이 부패시켜서 그것들은 '슬픔' 속에 녹아져 있다. 그렇게 보인다. 그나마 얼마 전부터는 자신에 대한 '연민'이라는 색채를 뺀 것이 다행이라면 다행일까.

다만

슬픔의 능선을 넘어 폴카를 출 때까지 나는 무엇을 해야 할지 그것을 모르겠다.

---

* 월간 객석(2019.2). 영화 평론가 최재훈의 영화 「그녀에게」 평 중 부분.

Time Poor, Time Rich

나는 아스팔트 킨트다.

야심한 시각에 불 켜진 편의점을 보면 왜 그렇게 마음이 촉촉해지는지. 개와 늑대의 시간에 가로등이 하나 둘 켜지면 전혜린의 슈바빙 거리 가스등이 떠오르면서(자전거를 탄 노인이 기다란 막대기로 천천히 가스등을 켜고 있었다는 구절 때문이었겠지) 가만히 눈을 감게 되는 것이다.

도시의 구조물들은 나에게 영감을 준다. 옹이가 박힌 공원의 낡은 벤치, 손자국이 잔뜩 찍힌 동네 슈퍼의 유리문, 슬픔이 배어있는 듯한 버스 뒤 칸의 움푹하게 패인 좌석, 지하상가에 걸어놓은 오천 원짜리 티셔츠를 고르는 동남아계 여자의 작고 여린 손가락... 많은 도시의 장면은 머릿속에 수

많은 스토리텔링을 만들어 놓고, 나는 그것을 즐긴다.

회색빛 도시의 고층아파트에 살면서 전원주택을 그리워해본 적이 없다. 수십 갈래의 초록으로 무성한 들판이나 자작나무와 은사시나무가 오롯이 서있는 숲은 스쳐지나갈 때만 아름답다. 나는 보도블록이 깔린 길이 좋고 잘 가꾸어진 산책로를 걷는 것이 좋다.

평생 몇 번이나 흙을 밟아보았을까. 폭신하고 다정한 감촉이 싫은 것은 아니지만 나의 가슴을 흔들 만큼 감격적이지는 않았다. 맵싸한 새벽의 기운 속에 천변을 걸으면서 물 흐르는 소리도 듣고 이슬 젖은 풀잎도 스쳐 지나지만 아, 좋군, 하면 그뿐이다. 제주 올레를 걸었던 때를 제외하면 몇 시간 동안 걸어본 경험도 없다. 내가 그리워하는 것은 그 시간이지 그곳은 아닌 것 같다. 그것은 평생 문화 속에 살아온 일종의 아비투스인 것일까?

몇 년 전 담양 집필실에 한 달 동안 머물렀다. 그 때, 자연 속의 삶을 조금이나마 맛볼 수 있었는데 딱 그만큼의 시간이었기에 견딜 수 있었을 것이다. 한 달 동안 머문 그곳에서 나는 글을 쓴 게 아니라 낮잠을 두 번씩 잤다.

노트북에 음악을 틀어놓고 엄마 없는 세 살 박이 아이처럼 혼자 놀았다. 모처럼 누리는 무료함이었다. 과부하에 걸린 뇌 속을 비워내기에 좋은 시간이었다. 당시 나는 미진한 작업과 자신의 한계에 대한 절망으로 힘든 시기였다. 그야말로 되는 일이 없었던 것이다. 그렇게 핍진한 시간을 보내고 있었는데 외면적으로는 세상 편하게 사는 한량 같았을 것이다. 그래서 사람 속은 모른다고 하겠지.

그림처럼 아름다운 방과 욕실을 구비한 집필실이었다. 아침마다 부엌 창문으로(마치 감옥의 작은 창으로 식판을 들이미는 것처럼) 정갈하고도 맛있(다)는 반찬들이 투박한 토기에 담겨 배달(?)되는데 시간에 맞춰 쟁반을 받는 일이 그렇게 성가실 수가 없었다. 같이 머물렀던 작가들은 반찬이 배달될 때마다 웰빙 웰빙 하면서 환호성을 질렀다는데. 나는 서랍에 쟁여놓은 컵라면과 초콜릿, 과자 부스러기와 줄담배로 연명하며 그 좋다는 웰빙 반찬들은 고스란히 남자 숙소로 다시 배달해 주었다.

아, 안개가 피어오르는 새벽 산책길에서 컹컹 개 짖던 소리가 매캐한 아침 공기 속에 슬프게 울려 퍼지던 기억이 나는군. 사육장에 갇혀 있던 개들이 가슴 아파 에둘러 돌아가곤 했었지.

나의 인생을 돌아 보건데 시간에 관해서는 정말 자유로웠다. 소싯적부터 그랬던 것 같다. 그것은 제대로 된 직업

한 번 가지지 않은 채 나태하고도 제멋대로 살아왔다는 뜻도 되겠다. 의지를 일깨워 자신을 닦달 하는 일은 해본 기억이 없다. 도서관 출입은 많이 했지만 덕선이처럼 잠만 잤다. 나에게 결혼은 남편이라는 타인이 나의 생존을 책임 져 준다는 보험이었다. 평생 보장해 주지 않는다는 것은 얼마 전에야 깨달았지만.

시간을 가질래, 돈을 가질래, 하면 나는 시간 쪽이다. 내가 운용할 수 있는 지폐의 숫자가 커지는 것보다 내가 운용할 수 있는 시간의 길이가 늘어나는 것이 나를 더욱 풍요롭게 만들었다. 어쨌든 상대적으로 많은 면에서 시간을 자유롭게 사용했다. 그것은 나의 복이라고 지금도 생각한다.

사람들은 제가끔 '자기 속도'를 지니고 태어난다고 한다. 모든 존재는 제 나름의 속도를 지니고 있다는 것이다. 주위 사람들과 비교해 본다면 나의 시간의 속도는 대단히 루즈하다. 도대체 바쁠 일이 없는 것이다. 시간을 초 치기로 사는 사람의 삶을 엿보면서 속으로 혀를 찰지언정 부러워해본 적은 없다. 정신없이 바빴다, 라는 말이 주는 의미는 시체처럼 살았다는 뜻이라고 나는 해석했다. 정신이 없는 사람이 어디 산 사람인가?

이러한 나의 생각은 노마드 정신에 기인한 것이라는 것은 근래에 알게 되었다. 들뢰즈와 가타리의 '천개의 고원'에서 추인(^^)해 주신 것이다.

권력을 기피하고 경계를 넘어 활동하며 다양한 생활을 즐기는 삶을 제창한다는 노마드. 예술은 우리가 익숙하던 거주의 자리에서 벗어나 우리를 유목민처럼 낯선 지역으로 내몰고 새로운 경험을 하게 한다고 레비나스도 말했다. 아멘.

노마드적 삶은 시간의 구애를 받지 않는다. 하루 스물네 시간은 신이 누구에게나 평등하게 준 선물인데 자기가 조절할 수 있는 시간이 없다면, 자신만의 시간을 가질 수 없다면 그 사람은 시간의 노예이다. 아무리 많은 것을 이루었다고 한들, 늘 바쁘고 늘 허무한 '시간 거지'라고 누군가 말했다. 그것이 바로 '타임 푸어'이다.

하루하루가 모여 나의 인생이 되는데 그 하루하루를 내 마음대로 살지 못한다면, 단 하루도 나의 의지대로 살 시간이 주어지지 않는다면 대체 그 사람의 인생은 뭔가!

현대인은 '바쁘다'를 입에 달고 산다. 내 주변의 많은 사람들도 그렇게 말한다. 하지만 옆에서 지켜보기로는 많은 부분 '쓸데없이' 바빴다. 좀 더 효율적으로 사용하면 자신만의 시간을 가질 수 있을 텐데 하면서 안타까워하지만 조언으로 해결 될 일은 아닌 것 같다.

하루를 온전히 자신만을 위해 사용할 수 있는데도 불구하고 그 시간을 견디기 힘들어 하는 경우도 있다. 아무리 시간을 절약해도 일에 쫓겨 자신만의 시간을 갖지 못한 사람도 타임 푸어이지만 아무리 시간을 많이 가졌어도 자신만의 시간을 누리지 못하는 사람도 타임 푸어이기는 마찬가지 아닐까?

시간의 자유를 누리는 사람은 삶의 자유를 누릴 수 있고 이윽고 영혼의 자유도 누릴 수 있다. 이건 내 결론.

좀 더 게으르게 살자고 다짐하는 아침이다.

자폐 클럽

인간이 물만 마시면서 견딜 수 있는 기간은 며칠일까.

우유, 빵, 우유, 빵, 커피, 커피우유.

그렇게 하루를 보내면서 생각한다. 부드러운 빵을 씹어 넘기는 것조차 고통스럽게 느껴졌기 때문이다. 그 이유를 캐내기에는 나는 너무 피곤하다.

인간이 말을 하지 않고 견딜 수 있는 기간은 얼마나 될까.

이렇게 저렇게 만난 타인들과의 말 섞음이, 그 시간이 지옥이 되어버린 것을 알았을 때 나는 자폐 클럽에 가입했다.

내가 물었다.

"당신들도 대화하는 것이 고통스럽습니까?"

며칠이 지나도록 답 글이 없었다. 과연 자폐 클럽다웠다.

아침에 시 수업이 있어서 도서관에 갔다.

시간보다 일찍 도착했기에 책 사이를 거닐면서 세 권 정도의 책을 고르려했다. 하지만 나의 기대 절반에도 못 미치는 책을 겨우 두 권 찾아냈을 뿐이다. 그것도 바코드를 찍자마자 반납하고 싶었다.

도무지 그 책을 가방 속에 구겨 넣고 그 무게를 감당하며 집으로 가져가 몇 시간을 할애하면서 읽고 싶은 마음이 들지 않았다.

그래도 범생 기질이 있는 나는 집으로 돌아와 성실하게 책장을 넘겼는데 하나는 너무 답답했고 하나는 너무 어수룩했다. 하는 수 없이 오래 전 허투루 꿰었던 책 한 권을 나의 책꽂이에서 찾아내 신중하게 읽으려고 노력했지만 견딜 수 없는 미숙함과 우습지도 않은 잘난 척에 진력이 나 버렸다.

세 번째 돌아가는 CD를 꺼버렸다. 클래식이 주는 진실한 진중함이 때로는 나를 미치게 한다는 것도 알았다. 바흐의 매력적인 무반주 첼로조차!

뜨거운 커피에 찬 우유를 부어 마시려다가 이미 다섯 잔 이상을 마셨다는 것을 깨닫고 포기했다.

데미소다 애플을 반 잔 마셨고 마지막 담배 갑을 뜯었다. 담배 피우는 시간조차 지겨운 것은 또 처음이었다.

나를 울렸던 시집 두 권을 확실하게 마무리하고 싶었으나 꽃잔디를 깔아놓은 평론가의 행로를 따라가고 싶지 않았다.

　　피아노를 치고 싶지만 밤이 깊었다. 피아노는 공격적인 두드림으로 스트레스를 어느 정도 해소할 수 있는 장점이 있다. 하지만 지금은 그냥, 피아노 건반 두드리듯 자판을 두드리고 있는 것으로 만족할 수밖에.

　　자리에 누웠다. 내가 지금 할 수 있는 일은 우즈베키스탄과 공차기를 하고 있는 스포츠 중계를 어쩔 수 없이 들으면서 제발, 제발, 하면서 잠 속으로 빠져 들어가 버리는 것이다. 하지만 쟤네들 수다스러움을 누워서 견디기에는 나의 관용이 넉넉하지 못하다. 무엇보다, 너무 흥분해 있다. 쳇, 역전골을 넣었다고 좋아들 하시는군?

　　내가 스포츠를 멀리하는 이유 중 하나는 저토록 열광적인 단순성 때문이다. 이 글을 쓰는 순간, 동점골을 허용했다고 비명을 지른다. 그 절망적인 한숨 때문에 나 역시 한숨이 나온다.

　　다시 자폐클럽에 들어갔다.

　　"아무것도 하고 싶지 않을 때는 어떻게 하면 좋습니까?"

두 손을 모으고 얌전히 앉아, 하다못해 카페지기라도 한마디 해주기를 기다렸다.

고요한 자폐클럽.

그제야 유심히 살펴보니 아무 글도 올라 있지 않은 텅 빈 공간이었다. 자폐 클럽다웠다.

차라리.

나의 블로그에 자폐 클럽 카테고리를 하나 만들어 놓자.

그곳에 분열된 나를 몇 개 만들어, 나와 함께 노는 거다.

오른쪽 뇌가 묻는 것을 왼쪽 뇌가 대답하고 내 오른손이 원하는 것을 왼손으로 해결해 주기로 한다.

쟤네들의 공차기가 다시 역전골을 넣고 또 동점골을 넣으면서 환성과 비명으로 중계하는 동안 나를 울렸던 시집의 주례사 비평을 읽는 거다. 숙제는 해야 하니까.

마침내 나는

인간은 이상하고 인생은 흥미롭다. 어느 평론가의 말이다.

소설은 생의 이면을 바라보게 하고 내면 깊이 감추어진 이드를 끄집어내어 탐욕적이며 이기적이며 다분히 동물적인 본연의 모습을 가감 없이 보여준다. 물론 끔찍하지만 그것들을 직시할 때 비로소 자신이 자신다워진다. 생각하고 추리하고 느끼는 오감의 영역이므로 당연히 머릿속이나 살갗 속에 저장될 수밖에 없다.

모든 시대를 통틀어 중요한 것은 단연 문학이다.

인간의 다른 어떤 작업보다, 문학이야말로 인간의 사연과 고통을 가감 없이 이야기로 만들어내고 있기 때문이다.

언어의 장 속에서 살아가는 인간은, 숙명적으로 어떤 이야기를 하려 한다. 그것은 죄의식에 대한 고백일 수도 있고, 비밀을 누설하는 것일 수도 있으며, 어떤 발견에 대한 경탄일 수도 있다. 그리고 그 모든 '발언'은 결국 들어줄 누군가를 필요로 한다. 그래서 모든 인간은 어느 순간 '고백하는 인간'이 된다. 굳이 이름을 붙이자면 호모 컨페스(Homo Confess)라고 해도 될까.

내가 누군가에게 어떤 이야기를 할 때, 혹은 누군가가 내게 이야기를 걸어올 때 일어나는 일은 바로 이런 것이다. 그렇다면 이렇게 이야기해도 되겠다.

우리는 모두, 언젠가는 어떤 이야기를 고백하려 하게 된다. 그리고 누군가 내게 어떤 고백을 해올 때, 들어야 할 의무가 있다.

이런 타인의 문장들을 몇 번이나 받아쓰기를 하면서 심중 깊은 곳의 고백을 억누르고 있다.

무엇으로 나를 증명하고 싶을까, 사람들은. 내가 가진 것으로? 내가 가진 어떤 것이 나를 나답게 하는 것일까. 가장 주체적인 나는 나의 어디에 숨어 있는 것일까.

내 안의 어떤 충만함이 있다면 그것이 가장 화려한 의복이 될 것이고, 가장 화려한 이력이 될 것이고 가장 화려한 성찬이 될 것이다.

몇 년 째 인문의 숲을 거닐면서 비로소 나는 나에게 위로와 격려를 줄 수 있게 되었다. 많은 책과 많은 학자들이 목에 핏대를 세우며 세상을 향해 질타했던 물질 만능주의에 젖은 많은 소비재제들이 나에게는 별로 유혹적이지 않았다는 사실에 나는 안도한다.

한없이 무모했던 어떤 시도들이, 주위의 시선에 아랑곳하지 않는 나의 질주들이, 실은 나의 나 됨을 가장 극렬하게 보여주었다는 것이 나를 감격하게 한다. 아, 지난 세월에 감사한다. 자주 흔들렸지만 자주 눈물을 흘렸지만 자주 넘어졌지만 그 상처는 영광스럽다. 깊고 넓은 삶의 흔적을 가진 것에 감사한다.

지금 내가 가는 길은 이미 내가 소원했던 길이라는 것을 나는 알겠다. 아주 많은 시간 '아무것도 없는 자 같으나 모든 것을 가진 자'로 살 수 있었던 가장 큰 이유는 신을 감히 아버지라고 부를 수 있는 신분 세탁(?) 덕분이었을 것이다. 그가 나를 사랑한다는 대명제는 절망이라는 단어를 없애버렸다. 가끔 뇌파가 이상하게 작동될 때 온 힘을 다해 절벽을 향해 달려가는 그 무모함을 더 이상 두려워하지 않겠다. 얼마쯤은 미열에 시달리는 나른한 사랑에 잠기더라도.

시간이 흐르면 나는 어떻게 변해 있을까. 십 년 후에는? 이십 년 후에는?

바라기는 은사시나무들이 멀리 보이는 산속의 낡은 찻집에 앉아 커피 한 잔을 오래오래 마시면서 산등성이 너머 지는 해를 바라보기를.

여전히 사랑하는 나의, 에게 길고 긴 편지를 쓰다가 문득 창밖의 메마른 나뭇가지들이 바람에 흔들리는 모습을 바라보고, 아, 그가 오고 있구나 하면서 가슴 떨리기를.

아니면, 바라던 대로 성가대 가운을 입고 관 속에 누운 내가 두 손을 가슴에 모으고 두 눈을 감고 나의 생을 황홀하게 했던 모든 문장들에게, 나의 생을 충만하게 했던 모든 인간에게, 그리고 나를 바라볼 때마다 기쁨을 이기지 못했다는 나의 아버지에게 감사의 인사를 하게 되기를.

B급 작가의 내밀한 경험의 베이스캠프는
달무늬 얼룩진 금잔화에 어떤 영향을 주었나

구스타프 쿠르베에게 색다른 명성을 안겨준 극사실주의 회화 「세상의 기원」을 처음 마주했던 관객들의 놀라움은 감추고 싶은 진실이 폭로되었기 때문이었을 것이다. 21세기를 사는 나도 충격에 휩싸였는데 그 시대는 어땠을까. 그 망측한(!) 그림으로 퇴폐작가라는 낙인이 찍히기도 했던 쿠르베의 뚝심이 부럽기는 하다.

내가 좋아하는 어느 노작가는 '이 나이에 내 마음의 진실을 말하지 않을 이유가 없다'는 것이다. 삶을 잘 정돈하고 정리할 때인데 더 이상 타인의 눈길 때문에 포장하거나 미화하고 싶지 않다는 의미도 될 것이다.

살면 살수록 사람들이 참 이상하다는 느낌을 지울 수

없다. 뻔한 것들을 아닌 척 하고 시치미를 떼며 감추려고 하고 기어이 감춘다.

사람들은 솔직하고 싶지 않으며 진실을 알고 싶어 하지도 않으며 진실하게 살려고 하는 의지도 희박하다(고 나는 생각한다). 기껏해야 진실의 의미규정에 대한 백분 토론이나 죽을 때까지 실컷 하다가 토론장에서 먹고 마시고 잠을 잘 의지만 가득한 거 같다. 삶의 어느 한 순간에도 적용하지 못한 채 말이다.

나는 될 수 있으면 있는 그대로의 내 모습을 보여줄 것이고 그 모습이 세칭 B급 문화, B급 정서를 보여준다고 할지라도 괘념치 않을 결심이다. 왜 그러면 안 되는데?

사실 작가는 '좀' 다르다.

작가는 작가가 아닌 사람들보다는 눈동자가 좀 더 크거나 심장이 좀 더 크거나 뇌의 용량이 좀 더 커서 삶의 이면을 샅샅이 훑어볼 안목도 있고 타인의 삿대질에 눈 하나 깜빡 안하는 배짱도 있고 책을 베개 삼고 이불 삼고 지붕 삼아 그 안에 기거하면서 천국이 바로 여기야 하면서 다소 독선적인 제스처로 자신을 무장한다.

많이 다르면 따로 모여 섬 하나 사서 공동체 생활을 해야 비작가나 작가에게 서로 유익이 되겠지만 '좀' 다르므로 어느 땐 협력하여 선을 이루기도 하고(거룩한 성경말씀이다) 어느 땐 따로 떨어져 나와서 허리에 손을 떡하니 갖다 대고 자못 건방진 포즈로 내비 뒈, 걍 내 맘대로 살고 내 맘대로 생각하고 내 맘대로 쓸 테니까, 하고 세상을 향해 고래고래 소리 지르기도 하는 것이다.

어찌다 보니 이런 저런 작가를 사석에서 만나 이야기를 나누기도 하고 그들의 강연을 듣기도 하고 같이 술 한 잔 하면서 -같이 취해서- 덤벙덤벙 되는 소리 안 되는 소리 떠들기도 하면서 내린 결론이다.

세상이 좋아지는 바람에 각종 영상 매체를 통해 작가들의 말을 듣기도 하고 낭독회도 보고 강연도 본다. 요즘 같은 인터넷 시대에는 작가들의 육성을 들을 기회가 길가의 식당만큼이나 흔해진 것이다.

나도 날마다 맛이 다른 식당에 가는 심정으로 한 달 넘게 많은 작가의 말을 들었다. 작가뿐인가 영화감독, 평론가, 각종 예술가, 하다못해 끔찍하게 말이 많아 나를 기절시켰던 방송국 PD까지 포함하여, 주로 그들의 저서를 통해 남들에게 영향을 미치는 각종 인간들의 내심을 들을 기회를 가졌다. 그 결과, 그들이 품고 있는 약간의 허세와 약간의 소심증조차 약간의 연민을 가지고 받아들일 수 있었다.

하지만.

그들의 야트막한 개성들은 내 생각을 변화시킬만한 힘까지는 없었다. 나는 그들에게 많은 긍정과 작은 불만을 곁들여 점수를 매겼다. 작은 불만은 "무경험" 세대의 작가들에 대한 것이다. 누군가의 말을 빌려 말한다면 1988년 이후부터 한국의 평준화에 따라 '균질한 경험세계'를 살아가는 그들의 삶이다. 그것은 어쩔 수 없지만 한편 어쩔 수 없지 않기도 하다.

날이 갈수록 유명해지고 있는 젊은 시인이 방송에 나와서 하는 말이, 일부러 '경험'하기 위하여 탄광촌(폐쇄된 탄광촌이던가?)을 찾아갔다고 한다. 며칠 동안 그곳에 남아있는 폐침목이라든가 안전모, 버려진 집, 오염된 자연들을 관찰했다는 말에 놀랐다. 그것은 경험이라고 할 수 없다. 좀 더 솔직하게 내뱉는다면 시인이 경험이라고 말한 것은 '관찰'의 다른 형태이다.

결국 그들은 책을 통해서 추체험을 할 수밖에 없다는 것이다.

책을 읽는다는 것은 어떤 경험을 겪은 어떤 사람의 경험담을 다시 경험하는 것이라고 나는 생각한다. 하지만 작가의 보물 같은 자산이 될 삶의 작은 균열들을 간접경험인 독서를 통해 습득한다는 것 자체가 불행이 아닐까.

자신의 오감으로 느끼는 불행과 고통과 희열은 작가의 역량에 따라 설령 B급으로 표현된다 하더라도 그것에는 진정성이 내포되어 있다. 그러므로 삶의 현장에서 조우하게 되는 많은 격정의 순간들은 작가의 내밀한 베이스캠프이다. 균질한 경험세계를 살아가야 하는 신세대 작가들이 엇비슷한 '체험 삶의 현장'이 주는 엇비슷한 감각들을 개성껏 독특하게 표현할 수 있겠는가에 대해 나는 아직까지 회의적이다. 주인공이 편의점만 들락거리는 몇 편의 단편을 읽으면서 더욱 생각을 굳혔다.

아파트와 도시와 거리와 식당과 영화관과 각종 서양 음식점과 커피숍 같은 균질한 일상의 소파에 나란히 앉아 가격표가 정해진 스낵을 아삭거리는 기분이었으니.

하지만 내밀한 경험이 산더미 같다고 자랑질하는 나는 뭐가 다른가?

충분히 살긴 살았는데 충분히 표현해 본 적이 드문 나는 요즘 우울하다.

소설을 쓰면 뭔 소리냐고 하고 산문을 쓰면 이 따위를 쓰냐고 한다. 날 보고 어쩌라구! 솔직하게 쓰면 아슬아슬하다고 하고 열심히 쓰면 손목에 힘이 들어가 있다고 한다. 다들 왜 이러는 거람.

그 와중에, 심중에 굳게 잠겨 있어 도무지 고개를 못 내밀고 있는 나의 내밀한 경험의 베이스캠프는 늘 조난의 위험을 견디어 내고 있다. 누구는 설산을 잘도 넘어가는데 나는 베이스캠프의 천막이 날아갈까 봐 늘 전전긍긍이다. 어딘가 꽂아야 할 깃발은 여전히 가슴 깊이 뜨겁게 품고 있는데 말이다.

어떻게 하면 나의 베이스캠프에서 (우라질)감성의 감마선을 어마무시하게 쏘아 올려 저 달무늬 얼룩진 금잔화에 영향을 줄 수 있을지.

그래! 바로 워밍업이다! 느낌과 생각이 믹싱 되어서 머릿속에서 둥둥 떠다니고 있는 무중력을 잘 견디어야 하고, 그 머릿속의 진공 상태를 더욱 유지하기 위하여 몸은 여유롭고 편한 자세로 펼쳐져 있어야 한다. 어느 면에서는 시체와 비슷한 형체로 거반 죽은 것처럼 보일 수도 있지만 그것이야말로 가장 심심한 어느 순간에 찾아오는 '그분'을 성실하게 모시기 위한 예전(禮展)이다.

그런데 작가들, 너무 부지런하다.

너무 많은 책을 읽고 너무 많은 영화를 보고 너무 많은 말을 하고 너무 많은 사람을 만나고 너무 많은 지식을 가지고 있다. 그것들이 독이 되기도 한다는 것을 잘 알 텐데 말이다.

나는 작가들이 조금은 더 게으르기를 원한다.

오늘도 커피 다섯 잔이 부족하여 원두 봉지를 집었다 놓았다 하면서 세상의 기원을 곁눈질하고 있다. 아무리 명화라지만 꼴 보기 싫다. 그런데 그 꼴 보기 싫은 작품이 세상의 기원인 것은 확실하다. 존경한다 크루베여!

그래. 감추고 싶은 진실은 폭로해야 제 명에 죽을 것이다.

이 원고는 꼭 사후에 개봉해야 할 것이니라.

유서 한 장 머릿속에 써놓고 결국 원두 봉지를 집어 든다. 내밀한 경험 하나를 끌어내어 드륵드륵 분쇄기에 갈아본다. 이 향기로운 냄새의 진원지는 케냐 A 원두가 아니라 수십 년 전의 미필적 고의가 낳은 빛바랜 기억이다.

별 두 개

　결제 금액의 압박으로 알라딘 장바구니에 몇 달째 '보관'만 하고 있던 책*을 드디어 주문했고 어젯밤 드디어 도착했다. 하마터면 다음 달 독서회 책까지 주문할 뻔했지만 꾹 참고 단 한 권만 주문했으니 나의 무모함도 생활고 앞에서는 기가 죽은 것이 틀림없다.

　오! 책님이시여! 소설책님이시여! 한국 소설가 중 나의 선호도에 있어서 다섯 손가락 안에 드는, 존경해마지않는 분의 소설책은 첫 장을 넘길 때부터 입에 침이 고이기 시작하더니 중반부로 넘어가면서 나의 맥박을 두 배 이상 상승시켜버리면서 격정적인 희열을 맛보게 해주는 바람에 결국 새벽 세 시 가까이 책을 붙들고 있을 수밖에 없었다.

　그래서 이 아침이 도무지 아침 같지 않고 나의 행동거지는 몽유병자처럼 티미하다. 그러니 이 글도 매우 티미할 것이 분명하군.

　대개의 소설책은 몇 장만 넘기면 작가의 의도나 글의 질, 가치의 점수가 나름대로 매겨진다. 그렇지 않더라도 한 쳅터를 읽거나 책의 1/5정도 넘기면 대충 파악이 된다.

　더 읽을까, 더 읽을 가치가 있을까, 더 읽으면 나에게 어떤 것을 줄 수 있을까, 이런 통박은 그 즈음 완결된 상태가 되는 것이다.

　하지만 내가 좋아하는 작가의 책인 경우는 다르다. 미처 이해하지 못하거나 동의하기 어려운 부분이 있더라도, 처음부터 실망할 만큼 느려 터진 진행 속도로 나를 괴롭힌다 하더라도 애독자의 심정으로 작가의 문장들을 씹어 삼키곤 한다.

　그러면 예기지 않은 순간에 마치 보너스처럼 행복한 순간이 찾아오는 것이다. 어제도 행복한 독서였다.

　여느 소설책이든 첫 장은 소제목이나 일련번호 매김으로 반 이상이 멍청한 공백이고 나머지 열댓 줄만 (마치 맛보기처럼) 꼬물거리게 마련이다. 그런데 서두의 몇 줄만 읽었는데도 이미 쾌락적인 독서를 예감하게 만들었다.

　뽕 맞은 중독자처럼 손을 달달 떨면서 서너 장을 넘기다가 차오르는 희열을 감추지 못하고 남편에게 말했다.

"이를 어쩌면 좋아, 오늘 날샜다!"

밤 두시가 넘어가자 시장기가 몰려왔다. 간식과 함께 하는 독서는 또 얼마나 감미로운가. 샌드위치며 우유를 쩝쩝거리면서도 한 손으로는 책의 갈피를 꼭 붙잡고 문장 위에 떨어진 빵 부스러기를 후후 불어내면서, 앗, 하는 사이 흘린 우유 방울을 손바닥으로 문지르면서 읽었다. 내 삶의 재미 중 절반은 독서가 차지하는 것 같다.

순수 독자의 경우 책을 어떤 생각으로 접하는지 모르지만 얼결에 '쓰는 자'의 역할도 하게 된 나는 대략 세 갈래의 생각으로 책을 찢어(!) 읽는다.

순수 독자로서 작가가 만들어 놓은 세계에서 작가가 만들어 놓은 캐릭터들이 노니는 속에 참여하여 온전히 즐기는 상태. 그 글을 쓴 작가의 심정 속으로 끼겨 들어가, 작가 뒤에 바싹 붙어 서서 작가의 그 시선으로 읽어내는 상태. 마지막으로 비슷한 업을 가진 자로서 단어와 문장과 흐름과 사유와 독특한 문체와 독특한 시선에 대한 연구, 질시, 혹은 비판(비난), 부러움, 경탄의 상태.

어제의 소설은 늘 속내를 드러내고 싶어 안달하던 나에게 비정의 세계와 시각, 진정한 쿨함의 세계와 시각(그것은 요즘 세태들이 말하는 쿨이 아니라, 쿨할 수밖에 없는 불행한 현대를 가장 비극적인 방법으로 극명하게 드러낸 것이다)을 여실히 보여 주었다. 그것은 비극이었다. 저런 글을 써야 하는 데와 저런 글은 대체 언제 쓰나, 와, 나 없이도 저런 글을 맛볼 수 있게 해준 분이 계신데 뭐 나까지, 하는 '쓰는 자'로서의 회의를 완벽하게 절감하게 해주었으니.

그럼 지금 나는 슬픈 것인가? 저 멋진 책이 슬픔의 상태를 더욱 깊숙하게 만들어 준 것은 부인할 수 없겠지만 정말 슬픈 것은.

나를 매혹시킨 그 책의 평점이 10점 만점에 겨우 3점이었다는 것.

별 다섯 개가 최고인 평점에서는, 다른 책에는 무수하게 달려있는 별들이 그 책에는 겨우, 달랑 두 개 달려 있다는 것, 무연한 표정으로 별 두개가 대롱거리고 있었다는 것.

---

* 2011년 발간된 최윤의 장편소설 『오릭맨스티』. 세월이 흘러 2020년 다시 확인해보니 별 네개 반에 평점 8.6, 100자 평과 리뷰도 많이 달려 있다. 마치 나의 일처럼 기쁘다.

내가 담배를 피우는 이유

　말에 대하여 생각한다. 말이 피어오르는 입에 대하여도 생각한다. 말을 낳는 머릿속에 대해서도 생각한다. 말을 짓는 작가적 마인드에 대해서도 생각한다. 생각을 입으로 하면 말이고 손으로 쓰면 글이 되는가?

　타인의 말을 들으며 나는 말을 자주 삼켜버린다. 왜? 하는 끝도 없는 의문과 함께 들려오는 말을 다시 조합하고 균열시키고 마침내 부서뜨린다.

　타인의 말이 내 몸에서 부서질 때, 그 파편이 내 몸에 박히는 것을 안다. 아프다. 말을 하고 말을 듣는다. 말을 듣고 그 말을 받아 적는다. 하고 싶은 말을 글로 쓰려고 하지만 어느 순간에 이르러서는 하고 싶은 말이 무엇인지조차 잊어버린다. 그것 역시 아프다.

내 몸에서 나오지 못한 말은 나를 계속 할퀴고 물어뜯는다. 내가 진정으로 듣고 싶은 말은 내가 하고 싶은 말, 하고 싶었던 말, 내가 쓰려고 했던 바로 그 말.

입을 꾹 다물고 책을 읽는다. 남의 말을 읽으면 남을 이해할 수 있게 되나? 그런데, 왜, 이해해야 하나? 내 말을 타인이 이해하게 되면 나는 즐거워질까? 내가 하고 싶었던 말을 그들이 어떻게 알아듣나?

말할 수 없는 입에 대해서 생각한다. 말을 낳지 못하게 된 머릿속에 대해서도 생각한다. 말을 짓지 못하는 작가적 마인드에 대해서도 생각한다. 내가 말을 할 때, 그 말을 듣는 사람에 대해서도 생각한다.

나는 대체 무엇이 하고 싶은 것인가. 내 말이 타인의 몸속을 뚫고 들어가 그 파편이 타인의 몸속에 박히는 것을? 그리하여 타인이 비명을 지르는 것을?

말을 하고 싶을 때마다 담배를 피운다는 사실을 오늘에야 알았다. 나의 말이 입에서 나오는 것보다 말 대신 담배 연기가 나오는 것이 나의 욕망에 더 가깝게 다가가는 방편인 것을 알았다.

아, 너무도 사랑스러운 대체 효과. 그로 인하여 나는 말을 하지 않고도 살 수 있게 되었다. 누군가 말을 건다면 그 앞에 나의 말을 뿜어줄 것이다. 하얗고 고독한 담배 연기를 말이다.

　허공에 흩어지는 나의 말을, 하루 스무 개비나 되는 나의 글을 그들은 이해하게 될까, 언제쯤? 아니, 이해를 바랄 필요가 있을까?

　자발적 단절은 그래서 때로 아름답다고 하는 것이다.

손독

손을 바라본다. 퍼런 힘줄이 나뭇가지처럼 뻗은 손등은 가는 주름으로 가득 덮여있다. 유난히 마디가 굵은 손가락을 살펴보다가 오른손 중지에 박혀있는 굳은살에 눈길이 간다. 오랜 기간 펜을 든 흔적이다. 한창 때는 손톱 주위에 혹하나가 덧붙여 있는 것처럼 커서 손을 내밀기가 창피할 정도였다. 지금은 많이 작아지긴 했지만 아직도 펜이 닿았던 부분은 두텁고 거칠게 만져진다. 컴퓨터를 사용한 지 십수년을 바라보는데 굳은살은 쉬이 없어지지 않는다. 아무래도 더 세월을 보내야 할지, 어떨지.

손톱 바로 아래의 지문을 눈여겨본다. 등고선처럼 일정한 간격으로 완만하게 곡선을 이루고 있는 지문을 한참이

나 들여다본다. 바로 그 부분에 독이 제일 많이 포진되어 있다. 그렇게 모여 있는 독은 손톱 밑까지 스며들어, 접촉하는 그 어떤 물체에 독을 옮기게 하는데, 접촉의 순간이 많을수록 독은 강렬하게 확장되고 전이된다. 그 현상을 손독이라 일컫는다.

독이 과연 있을까.

나는 환한 햇볕 속에 손을 공중으로 쳐든다. 본들, 독이 보일 리도 없다. 빛 가운데 들려진 손을 쳐다본다. 저 손으로 나는 무엇을 했을까. 누구에게 무엇에게 독을 옮겼을까.

햇볕이 쏟아지는 거실에 앉아 핸드크림을 바른다. 허브냄새가 향긋한 크림이다. 자잘하게 손등을 덮고 있던 잔주름이 조금씩 없어지고 살비듬이 허옇게 일어났던 피부에 윤기가 흐르기 시작한다. 평소보다 더 많은 양의 크림을 바른다. 아주 천천히 손가락사이며 손목, 독이 있다는 손톱 아래 부분까지 정성스레 문지른다. 허브 향처럼 향긋하고 아름다운 기억만 있는 것은 아니다. 정리되지 않은 손의 기억이 두서없이 뇌리 속을 휘젓기 시작한다.

루빈스타인이 치던 쇼팽의 왈츠를 잊지 못해 두꺼운 악보를 샀다. 한 마디씩 한 마디씩 샵이 다섯 개나 붙은 곡을 치느라 건반 위를 무시로 헤맸던 손. 바로 손톱아래의 지문은 바이엘서부터 소나타에 이르기까지의 연습과정과, 어느 순간 눈물을 흘리며 쳤던 쇼팽의 에뛰드를 기억하고 있을 것이다.

그 어느 순간에는 푸른 인주를 꾹 눌러 지문을 찍었다. 명징하게 찍힌 시퍼런 지문은 사회와 연결된 제도로 흡수되는 통로였고, 나는 그것이 낯설었다. 피해자 신분으로 조서를 쓰고 그 끝에 눌렀던 지문들. 핍절한 삶에서 피의자가 아니었다는 것에 그나마 위로를 삼는 지금이다.

또 그 어느 순간, 그의 등을 끌어안았다. 독이 있는 줄도 모르고 그의 뺨을 만지고 그의 머리카락을 헤집고 그리고 그의 손을 잡았다. 독이 잔뜩 묻은 손으로 밤늦게까지 편지를 쓰고, 다음 날 아침 우체국이 문을 열자마자 뛰어가 그 독이 묻은 손으로 우표를 붙이고 독이 묻은 손으로 우체통에 넣었다. 그래서일까, 그는 온몸에 독이 퍼진 채 몇 백 킬로나 떨어진 곳에서 지금까지 독을 삭히면서 산다.

그래서일까, 나는 손독이 잔뜩 묻은 손으로 오늘도 글을 쓴다.

이미 온 몸으로 독이 퍼져버린 것을 나는 느낀다. 그렇지 않고서야 내가 이럴 수 있나. 누군가 글 쓰는 일은 천형(天刑)이라고 했는데 지금에서야 그 말을 수용할 수 있게 되었다. 하늘에서 내린 벌이 아니라면 내가 지금 이럴 수는 없는 것이다.

세상을 바라보는 눈은 희미해졌고, 그러므로 논리와 증명이 잘 교직된 이론서는 눈에서 멀어졌으며 보도블록 틈새로 피어난 여리디 여린 풀 한 포기에도 눈이 가지 않는다. 캐시밀론 솜처럼 가벼운 단상과 편협한 감상이 뇌수에 가득 차 있어, 이제 아무것도 느낄 수 없다.

슬픈 표정으로 손을 바라본다. 손독이 퍼져 손끝으로 나오는 단어들은 이제 향기롭지도 아름답지도 않다. 손의 기억이 바로 그러한 것처럼 손독의 기억도 그러하다.

햇볕이 쏟아지는 거실에서 스르르 눈을 감는다. 얇은 이불을 목까지 끌어올리면서 나는 생각한다. 아무것도 하지 않는 것이 바로 독을 퍼지지 않게 하는 것이다.

하지만 꿈속에서 나는, 무엇인가 섬광처럼 스치는 글 줄기를 잡는다. 심오하고 깊고 멋진 그런 글이다. 나는 회심의 미소를 지으며 꿈속으로 빠져든다. 그 순간 나는 행복하다. 정신없이 글을 쓰는 꿈에서 깨어난 나는 빠른 걸음으로 컴퓨터 앞에 가서 앉는다. 아주 멋진 글이 떠올랐다. 그렇게 엉켜있던 첫 구절이 어쩌면 나올지도 모른다.

나도 모르게 손독이 오른 바로 그 손으로 글자를, 문장을 만들기 시작한다.

자음, 모음을 누를 때마다 키보드를 두드리는 손톱 바로 밑, 그 독이 있는 부분에서부터 정수리까지 고통이 뻗친다.

　아아, 이 손독이 가득한 손을 어떡할거나!

　한 글자 한 글자를 이어가며 사람을 이야기하고 세상을 이야기하면서 나는 독을 퍼뜨리고, 그 독이 묻은 존재는 또 다시 그 어떤 존재에게 독을 퍼뜨린다. 한 글자씩 만들어낼 때마다 손끝으로 전이된 손독은 액정화면의 글자로 흘러가고 그 글자를 보는 그 어떤 존재에게 독을 전이시킬 것이다.

　나는 눈물을 흘리면서 글을 쓴다.

　그 어느 존재에 자꾸 손이 가서, 손독이 올라, 내가 모르는 그 어느 존재까지 독을 전염시키는 그 일을, 지금 나는 하고 있다.

이 여자를 보라

한 때 베스트셀러 작가였던 소설가를 기억한다. 유려한 문장에 유머가 풍부하고 이야기성이 강한 소설가였다. 그의 소설이 한창 날리던 때 나도 사서 읽었다. 80년대 중반이었으니 내가 소설을 쓰기 한참 전 일이다. 정말 재미있는 소설이었다. 읽는 맛이 난다고 할까?

그리고 세월이 흐른 90년 대 중반 즈음, 그의 두 권짜리 자전적인 장편을 읽게 된다.

그 소설은 『이 여자를 보라』였다. 왜 이 여자를 보라는 것일까 궁금해서 읽었다. 깜짝 놀랐다. 이전의 그의 소설과는 판이하게 다르게 적나라했다. 책의 반 이상을 차지하는 연애 장면은 포르노 급보다 한수 위였다. 때로는 사실이 픽션 보다 더욱 소설 같을 수 있는 것이다. 요즘 세상 돌아가는 것을 보면 모든 소설은 이미 현실 속에 있다. 소설보다 극적이고 소설보다 끝을 알 수 없고 소설보다 더 소설 같은.

그 후 소설 속의 '이 여자'는 가끔씩 내 머리 속을 휘저었다. 남자로 인해 인생을 망치는 그런 여자는 절대 내 마음에 들지 않지만 그의 고백적인 소설은 어떤 면에서든 나에게 충격을 준 것은 확실하다.

하지만 이내 그와 그의 소설을 잊었고 그후로도 오랜시간이 지나서야 나는 소설가가 되었다.

어느 해 가을, 처음으로 발을 디뎠던 한소협의 일박이일 전주 세미나에서 그를 만날 수 있었다. 동행한 백 여 명의 소설가 중에서 내가 소설책을 사서 본 작가는 그 뿐이었다. 그 유명한 전주 막걸리 골목에서 술잔을 기울이는데 마침 그가 나의 옆 자리에 앉았다.

그가 나를 빤히 쳐다보았다.

"처음 보는 얼굴이네?"

"아, 네."

통성명은 나누지 않았다. 그는 시니컬해 보였다. 세미나 직후 빠져나와, 전주에 사는 문우를 만나 이미 거하게 한 잔 걸쳤던 나는 이미 취해 있었다. 술이 다시 몇 순배 돌았다. 그의 객담을 흘려듣다가 문득 내가 말했다.

"이 여자를 보라, 옛날에 읽은 기억이 나네요."

화들짝 놀란 그가 멈칫했다.

"어떻게 그 소설을 읽었지?"

주위에 있던 소설가들은 무슨 얘기야, 하는 표정이었다. 소설가인 그들도 모르는 그의 소설.

그 소설은 이전의 베스트셀러와는 달리 그다지 세상에 알려지지 않는 소설이었던 것이다.

"느낌이 아주 강렬했어요."

"호오~ 그 책을 읽었단 말이지...요?"

"저에게는 참 좋았어요. 정말이요."

그도 술에 취해 있었다. 눈을 감고 고개를 주억거리는 모습이 어쩐지 슬퍼보였다.

그는 죽었다. 51년생이니 정말 한창 나이였다. 철학과에 들어가 소크라테스, 헤겔등 서양철학을 공부하다가 인도철학과로 옮겨 우파니샤드, 붓다 등 인도철학에 심취했던 젊은 날의 그는 어찌하여 소설가가 되었을까. 이 여자를 보라는 소설의 제목은 아마도 니체의 『이 사람을 보라』에서 빌려오지 않았을까 싶다. 분명 그랬을 것이다. 그는 그의 마음속에 살아 있는 '이 여자'에 대하여 쓰지 않고는 견딜 수 없었을 것이다. 그렇게 한 인간의 존재가 어떤 인간의 인생을 전환시키기도 하는 것이다.

　그 소설 이후 그가 다른 어떤 소설을 발표했는지 알려진 바 없다. 그는 '한 때' 베스트셀러 작가였을 뿐이었고 이내 잊혀졌던 것이다. 그의 부고가 신문 한 귀퉁이에나 실렸을까 모르겠다.

　며칠 전 책장을 뒤지다가 두 권이 한질로 되어있는 『이 여자를 보라』를 발견했다. 오래 전 읽은 후 구석에 방치되어 있던 책이다. 그날은 온종일 그 여자(!)를 다시 붙잡고 있다가 밤이 깊어서야 한숨을 쉬며 마지막 장을 덮었다. 그는 젊은 날의 미친 몰입을 그리고 싶었던 거다. 그 이후 작가의 후속작은 세간에 알려진 바 없다.

　그의 피 끓는 자전적 소설을 읽고 난 후 나는 새로운 교훈을 얻었다.

　소설은 진솔할 필요가 없다.

　이 뒤늦은 결론이 나를 슬프게 했다. 그는 자신의 진정성을 한꺼번에 쏟아버림으로 더 이상 소설을 쓸 수 없게 되었는지도 모르겠다. 이 여자를 보라, 를 보았는데 나는 그를 보고 있었다.

　김 신.

소설은 황혼의 장르

흐르는 강물처럼 일주일을 살았네.

나는 마치 강물에 떠내려가는 작은 나뭇잎 배처럼 고요히 시간의 흐름에 몸과 영혼을 내맡기고 '자연스럽게' 시간 위를 흘러갔네. 그 자연스러움이라는 것은 대체 무엇일까. 마흔 이후의 삶은 물살을 거슬러 올라가는 반역의 삶이었는데 말이지. 혈관 어디엔가 깊숙하게 숨어있던 소설가의 꿈이 수십 년 만에 평범한 주부의 일상에서 뛰쳐나왔던 그 때부터.

가스레인지의 시퍼런 불꽃 위에서 끓고 있던 된장찌개만 바라보던 내가 말보로라이트를 물고 라이터를 당겨 800도가 넘는 뜨거움을 손끝에서 가슴속으로 집어넣었다네. 그 무모하리만큼 몰입했던 열정이라니.

자신을 채찍질하면서 그렇게 다짐하고 결심하고 노력하면서 도서관으로 동인 모임으로 술자리로 원고지로 블로그로 책속으로 음악과 커피와 담배 연기 속으로 광기어린 영혼을 내몰았네.

　글이 써지지 않을 때는 서가에 꽂힌 수많은 책들을 뽑아 산처럼 쌓아놓고 그것들의 제목을 저자를 목차를 해설을 평론을 작가의 말을 읽어치웠네. 목침만한 문예지를 한 장 한 장 넘기면서 형광펜으로 밑줄을 긋고 물음표와 느낌표와 반항의 문구와 감동의 문구를 여백에 빼곡하게 적기도 했네.
　소설 쓰는 문우와의 모임은 또 어떠했던가. 내남 할 것 없이 모든 소설은 기요틴보다 더 예리하고도 날카로운 '지적질'에 산산이 부서지고 그에 따라 마음도 갈기갈기 찢어지고 그 상처로 다시 밤을 새우며 문장을 이어갔던 시절이었네.

　어제 누군가 '집착'에 대해 언급하더군. 어떤 것에 대한 미친 몰입으로 인해 다른 것들이 피해를 받거나 질서가 허물어지는 것의 폐해, 라고 나는 그의 말을 이해했네. 그렇다면 지난(至難)했던 지난날의 〈역류의 시간〉은 소설에 대한 집착이었단 말일까?

집착이라는 단어와 얽힌 그의 설교를 들으면서 나를 정리할 필요를 느꼈다네. 소설을 쓰고 싶어 했고 소설가가 되고 싶어 했던 길고 긴 세월과 소설이 써지지 않으나 여전히 소설을 붙잡고 있었던 길고 긴 세월이, 나를 천국과 지옥을 번차례로 드나들게 했던 오랜 세월이, 나도 모르는 사이 나를 성숙하게 했던 것일까. 어쩌면 신보다 더 위에 있었던 소설을 나는 언제 내려놓았는지 기억하지 못하네. 그리고 얻은 자유.

그 자유는 예수의 '진리가 너희를 자유케 하리라'와 맞물려 비로소 나는 그 위대한 자유의 행렬에 동참하게 되었다네. 사슬이 풀어지고 결박도 풀어지고 내 영혼까지 묶었던 집착이 어느 날 밤 감옥 문이 스르르 열린 것처럼, 그럼에도 불구하고 감옥 안에 그대로 있던 바울처럼.

가장 편안하고 평안한 상태로 그렇게 일 년을 살았네. 그것은 기독교에서 말하는 '내려놓기'일지도 모르겠네. 내가 자의로 내려놓은 것은 물론 아니지만 어찌 되었던 나의 두 손은 이미 비어있고(내려놓을 것도 없이 말이지) 그 두 손에 다시 무엇인가 움켜쥐고 싶은 것도 이제 더 이상은 없다네. 그렇다면 나는 이 生의 순간순간을 누리고 있는 것일까.

여전히 나의 곁에는 책들이 쌓여있고, 지금처럼 라흐마

니노프가 흘러나오고 여전히 온화하게 흘러나와 노트북을 밝히는 노란 스탠드의 불빛이 있네. 아, 그리고 서서히 식어가는 커피도. 나는 정말 이 평화를 감사하고 다시 감사하고 있네.

불타 석가모니와 그리스인 조르바와 심보선의 슬픔이 없는 십오 초와 김경주의 패스포트와 얇은 에세이 잡지가 나에게 독서의 즐거움을 선사하고 있는 지금 이 시각은 얼마나 사랑스러운가! 그리고 조금 전까지 들려오던 김영하의 책읽어주는 소리, 아, 하필 오랑시에서 4월 16일에 시작되었다는 고통의 조짐을 천천히 귓가에 들려주던 그 시간은 또 얼마나 고통스러웠던지. 까뮈의 페스트가 눈이 아니라 귀로 읽혀지는 낯선 경험도 어찌나 좋았던지.

어제는 신해철과 싸이가 콜라보한 박노해의 '하늘'이라는 노래를 충격적인 감동으로 들었네. 뭐야, 대체 내가 아는 것이 무엇이란 말인가 하는 자책과 함께.

그만큼 세상에는 지식도 많고 그 지식을 전하는 사람도 많고 책도 많고 팟캐스트도 많고 여기저기서 떠드는 강사도 많은데 그 많은 지식에의 강요를 어떻게 하면 즐겁게 흡수할 수 있는가가 요즘 나의 관건이 되었다네.

안다고 해서 그 사람이 변하거나 상승되는 것은 아니라

는 거, 무엇보다 안다고 해서 글을 잘 쓰는 것도 아니라는 것을 이제는 알기 때문에 자연스러운 흐름에 순응하는 삶을 살 수 있는 내공이 생긴 것이라고 생각한다네.

이렇게 살았다네, 일주일을.

많은 사람과 짧게, 혹은 길게, 혹은 깊게, 혹은 스쳐지나 갔지만 그 사람과의 영혼의 맞부딪침은 극히 미미했네. 하지만 그것을 절망이라고 생각하지는 않네. 왜냐하면 그런대로 그 시간을 (이제는)흘려보낼 수 있게 되었기 때문이지. 나는 그냥, 이렇게 홀로 앉아서 텅 빈 노트북의 여백을 나의 소울 메이트로 생각하면서 내 몸 어디선가 내재되어 있던 마음이 몇 줄기의 글꼴로 변환되어 흘러나오는, 이렇게 '다이빙'하는 시간을 사랑한다네.

더욱 좋은 것은 이 시간을 끝내고 일어서야 하는 시간도 존재한다는 것. 하루를 몇 가지 일로 구분하여 시작하고 끝내고 다시 시작하고 끝내고 하는 매듭이 존재한다는 것도 나에게 활력을 준다네. 어쨌거나 이글의 마무리를 지어야 할 시간이 다가오는군.

소설은 황혼의 장르, 라고 누군가 말했다네. 나는 무의식 중에 그 말을 나의 노트에 적어놓았던 모양이네. 그래서 보지 않았겠나, 그 글귀를, 조금 전에. 그렇게 해서 이런 글을 쓰게 된 것이겠지.

소설이 청춘의 장르가 아니고 황혼의 장르라는 말을 나는 십분 이해하고 있네. 그렇고말고. 일찍이 신형철도 소설에는 천재가 없다고 선언하였던 바, 나는 그 말에 아멘을 열 번쯤 갖다 붙이겠네. 소설은 인생의 연륜이 없이는 쓰기 힘들거든.

아, 물론 빛나는 감성으로 몇 편쯤은 쓸 수 있겠지, 김승옥이, 최인호가, 그 밖의 몇 사람이 그랬듯. 하지만 아무리 생각해도 소설은, 소설이 인간과 인생에 대하여 쓰는 것이라면, 인간과 인생에 대하여 뭔가 알아야 쓸 것이 아닌가. 그러니 일단 살아보라니깐요, 이렇게 되는 것이겠지.

그런 면에서 본다면 나는 지금 나의 가장 버리기 힘들었던 집착까지 내려놓고 아주 릴렉스하게 삶을 살아가고 있다고 본다면, 지금의 삶이 바로 소설가의 삶이 아니라 내가 바로 소설이 되고 있는 그런 삶이라고 자인한다면, 그래서 내가 바로 소설이야, 하는 시간을 살고 있는 것이라면 나는 지금 열심히 소설을 궁리하는 중이라고 말해도 되지 않겠는가.

여덟시 알람이 울리므로 이것으로 나의 소설적인 시간을 잠시 매듭지으려네. 나의 황혼은 대체 언제일까 궁금해하면서.

그는
내게 좌파다

잡음의 세계

내가 쓰고 싶은 것은 세상의 잡음이다.

뒤틀린, 어딘가 고장이 난, 희미하고 애매하고 아득한, 바람과 구름처럼 잡을 수 없는, 네가 맞다고 감히 우길 수 없는, 네모난 박스에 절대 들어가지 않는, 구겨진, 허벅지에서부터 새끼발가락까지 길게 기스 난 검은 스타킹 같은, 엇갈린 단추, 안개비 오는 들판에 야전을 틀어놓고 홀로 춤추는 오후 같은 것, 지글지글 스크래치와 함께 겨우겨우 돌아가는 빽판에서 흘러나오는 뷰티풀 선데이, 오래된 역사 벤치에 앉아 마지막 열차를 기다리며 빈 담뱃갑을 구겨 던지는.

내 눈은 사라져야 한다

독일적이란 무엇인가.

마리아 칼라스가 열연하는 베르디의 라 트라비아타 아리아를 들으며 바그너의 약전(略傳)을 읽는 아이러니를 견디고 있다. (칼라스 시대의 어수룩한 녹음 상태가 오히려 더 정감 있게 다가오는 아이러니도 포함하여) 바그너가 국수주의적 감정을 증폭시키는 와중에 바이로이트 신문에 기재한 수필 「독일적이란 무엇인가?」에서 독일 정신의 위대한 전통을 고조시켰고 보불전쟁 때 브람스, 니체와 보조를 맞추면서 독일 정신의 위대함을 무비판적으로 찬양했다고 하는 수필이 나를 사로잡은 것이다.

연두색 형광펜을 들고 있다가 불현듯 울고 말았다. 독, 일, 적, 이란, 무엇, 인가, 에 얼굴을 파묻고 하염없이 울고 있다. 계속 눈물이 그치지 않는다. 그 무엇도 없는 나의 빈 칸뿐인 이즘(ism)이 서러웠다. 나는 야광이었다. 어둠속에서만 빛을 낸다는 것을 지금에야 알았다. 내 삶에서 모든 물음표가 지워졌다.

그토록 보기를 원했으나 또한 그토록 보기를 두려워했으므로 너는 죄가 많다. 매번 다가오는 것들을 읽기만 했으므로 모든 것은 낱말로 남았다. 무서운 처벌, 비와 같이 된다는 것. 헝겊, 스틸, 나뭇가지, 깨어진 보도블록 식은 곰탕 그런 거 말고 비웃음을 그릴 때 나타나는 비관적인 음표, 낯선 아버지가 들고 온 오래된 상장, 고무줄넘기를 하면서 배웠던 씨발 같은 욕, 명랑하게 뛰어다녔던 운동장의 해으름이 어느 날 한꺼번에 방문하면서부터 장마는 시작되고, 그것들이 기록되기 전에 내 눈은 사라져야 한다. 더 이상 볼 수 없는 너를 사랑하기 위하여.

그는 내게 좌파다

그는 내게 좌파다.

그가 무생물일 때 그것은 문학일 경우가 많다. '문학'이라는 딱딱한 단어보다는 '글'이라는 헐렁한 느낌의 단어가 더 낫게 느껴지긴 하지만.

나에게 글이 주는 의미를 미처 이해하지 못했던 어린 시절은 눈에 보이는 것들, 혹은 보이지 않은 것들이 다 글로써 존재했다.

할머니, 하면 희고 늘어진 젖가슴을 만지는 촉감으로 손이 바르르 떨렸고 엎드린 할머니의 허리를, 등을 작고 앙증맞은 발로 밟으며 다락문에 붙어있는 사군자의 그림 속을, 새와 대나무와 국화의 매화의 옅은 꽃망울을 휘어진 난의 가늘고 날카로운 끄트머리를 끝없이 바라보며 생각했다.

윤이 반지르르한 장독과 하늘색으로 페인트칠한 차양에서 떨어지는 빗방울, 부엌에서 흘러나오는 참기름 냄새, 고기 굽는 냄새와 엄마의 하얗고 정결한 행주치마, 그리고 아버지의 노랫소리...

모든 세상은 나에게 말을 걸고 있었고 나는 그 사물의 언어를 감성으로 이해했다. 그리고 그것들은 나의 머릿속에서 언어로 저장되고 글로써 스며들었다. 나의 뇌의 저장방법은 문장들이었다.

그냥 그랬었다고 생각한다.

삶의 방법론으로써 문학은, 가끔 나에게 비단 옷을 입혀주고 자주 나에게 찢어진 낡고 허름한 입성으로 저잣거리로 내몰았다. 나는 궁극의 결핍과 질시 속에서 자라나는 그늘의 이끼와 같았다고 생각한다.

하지만 가장 오래 시간을 견디고 누추한 초록으로 자신의 허물을 조금씩 덮어나가는 그 지지부진한 시계의 태엽을 구태여 돌리지는 않았으니, 지난한 시간들에게 나는 가슴을 찢으며 경배 드린다. 그것은 나를 좌파적 타인(물질성이 생물 무생물로 구분하지 못하는)으로 생성하고 싶어 했으나 나는 스스로 자랐다.

질서와 무질서, 연애와 불륜, 미성숙과 조숙, 학습되어진 도덕·규범과 적라의 욕망을 구분하지 못하고 성장했는데 그것은 곧 글의 결정체로 환원되었다.

제정신이 아닌 채로 살아온 세월과 눈 부릅뜨고 정신 차리려고 애쓰면서 살아온 세월의 구분이 필요한가? 어찌하여 지나간 일들을 눈금이 없는 잣대로 규정지으려는지, 이런 등가형식의 셈법이 과연 필요한지 그것을 누구에게 물어야 할까? 그러니 묻지 않는다.

신은 오래전부터 침묵하고 있고, 심지어 나에게 눈을 흘기고 있다. 나는 이처럼 허술하고도 결점이 많은 너를 도무지 만든 기억이 없구나, 이런 눈빛이다. 신도 가끔 기억력이 인간보다 낮을 때도 있다는 것을 나는 기억하고 있지. 그래서 나도 가끔은 신을 용서한다. 그러므로 우리는 쌤쌤. 서로의 주먹을 가볍고 사랑스럽게 부딪치며 은밀한 미소를 짓기도 한다. 죽이 잘 맞는 것이다.

그는 내게 좌파다.

그가 인간이었을 때 그것은 혐오와 비난과 절규를 포함하며 폭우 속에 빛나는 한줄기 섬광처럼 아주 가끔씩 놀라운 엑스타시를 선사하는 신이 주는 선물일 경우가 많았다. 오, 이것들이 과거로 종결지어진 것인가, 과연?

내가 사랑하는 그는 만난 즉시 시가 되고 산문이, 소설이 되어버리는데 나는 그를 인간적으로 대할 지적 능력이 참 많이 미진하기 때문이다. 식사, 대화, 차 마시고, 걷고, 손 잡고, 싸우고, 고백 같은 삶의 방식이 너무도 미숙한 나머지 나는 그를 그저 편지 안에 가두려고 갖은 애를 다 쓴 기억이 수두룩하다.

보내지 못할 바엔, 하면서 그를 최대한 아름답게 장식하고 화관을 씌우고 흐드러진 꽃의 베일로 감싸고 넝쿨장미처럼 가시를 많이 만들어놓고 스스로 가시에 찔려 피나게 하는 쾌락을 참 많이도 알고 있었지, 오, 그것을 타인들은 무엇이라 명명하는 것이냐. 나는 모르겠고.

그래서 나는 일제시대에 살지도 않았고 봉두난발하던 이상도 아니면서 박제된 연인들을 참 많이도 가져보았다네, 지금도 폐 깊숙이 스미어드는 이 포르말린 냄새를 나는 어떻게 견디어왔는지 그것도 나는 모르겠고.

헤픈 웃음 헤픈 찬사 헤픈 관념으로 그의 몸치장을 흙먼지 묻은 신발까지 다 건드려주었단다 내 손을 거치지 않은 그의 몸은 없을 걸, 이 거만한 체험의 깊이를 지극히 비도덕적으로 어떻게 하면 완전무결하게 표현할 수 있을까, 그래서 그는 좌파가 되었다네. 완전 분해된 시계, 시간, 그 어색한 시차들... 일회용 눈물 약처럼 맑고 투명한 슬픔 같은 것들이 내 눈 속에 꽉 차있는 것을 아무도 알아차리지 못했으니 다행이라면 다행.

　그는 내게 좌파다.

　모호함이 치명적으로 다가올 때, 오 그 분별없는 분별력으로 스프를 떠먹고 꽃집에 들르고 영화를 볼 때, 오 그 분별없는 분별력으로 그를 만날 때 그 현기증을, 쓰러질 듯한, 이 세상을 곧 떠날 것 같은 두려움과 함께 오롯이 혼자 견디어야 하는 왜곡의 역사들의 행간을 나는 읽지 않으련다.

　나의 실존이 그에게 아무 영향도 끼치지 않는구나, 이것은 자명하지만 내가 기어이 인식하고 싶지 않은 영역으로서, 나의 존재의 모든 것을 그의 가슴을 겨누어 오점 하나로라도 남기고 싶은 열망으로 나는 오늘도 타오르고, 저녁이 되기 전에 완전히 소멸될 것을 안다.

　그 치우침이 기울어짐이 멀미가 날 것 같은 생의 한 가운데서 나를 비틀거리게 하지만 어쩔 것인가 그 불투명한 불행들을 나는 사랑하고 있으니 미래 없는 순간을 툭, 잘라 형장으로 끌고 갈 연민의 줄로 엮고 있으니. 나, 이제 완전히 그의 내면에서 사라질 때 하고 싶은 말이 있었는데, 그는 내게 좌파였다고.

문어체(文語體) 슬픔

아버지의 유서는 문어체 슬픔. 명동백작과 창덕궁을 거닐던 봄날을 기록했다. 마리서사 귀퉁이에서 아직도 여전히 서성이는 아버지는, 중국산 수의 차림의 아버지는 장례식장에 흩날리던 벚꽃으로 남루를 덮고 싶었던 것이리. 비루했던 말년의 어느 날, 예순의 딸에게 들려준 한 움큼의 통속은 맥고모자를 쓰고 삐루를 마시던 시인과의 사생활, 그리고 럭키스트라이크.

오늘 올드미스는 월경(月經)이다.*

친구의 시 한 줄을 읽어주면서 왜 아버지는 울었을까. 너는 이렇게 써야한다. 아버지의 문장은 오만하여 적라(赤裸)

의 딸에게만 수혈하였다. 그리하여 새치 가득한 너는 아버지 기일마다 피투성이 감각으로 피어나고, 검붉은 내력으로 이 생의 슬픔을 필사한다.

그러니까 이것들은 완벽한 대응구로서 하나의 줄을 사이에 두고 연연해하는 우울한 차이를 보여주고 싶었던 바, 불면으로 끝나는 절망의 다른 이름은 하루의 마감이 길 위에 발이 닿기만을 기다리지만 오오 그것은 완전한 헛수고. 아버지를 닮은 딸은 온종일 연필을 깎으며 그렇게 시혼의 지겨움을 견딘다.

그러므로 이 우상들은 올바른 것과 추락하는 것을 구별하기 싫어하는 짐승의 반열에 서고 싶었던 날들의 기록일 것이다. 무한이 주는 지겨움에서부터 시의 惡은 파종되었으리라. 그분이 오실 때까지 허접한 육신을 끌고 다니느라 기도가 길어졌다.

향유를 뿌리는 추도의 아침.

고개를 외로 꼰 神의 눈총을 견디지 못하고 책을 눕혔다. 너의 침실은 너무 반듯하구나. 비극을 지속시키는 엄격

---

* 박인환. 투명한 바라이에티 중에서.

함은 더 이상 배우기 싫다. 詩들은 일렬종대로(참으로 우울한 표정으로) 한 걸음씩 올 때마다 발목을 꺾고 엎드러진다. 그 굴욕을 오늘도 얼굴에 가득 바른다. 천천히 눈가를 닦으며, 神이여 잘 마른 수건 한 장만 주세요. 더 이상 미치지 않게 해주세요.

숨겨진 괄호의 시간 내내 입술이 부르텄다. 이토록 필사적으로 善의 바깥으로 잠입하는구나. 아버지처럼, 아버지의 친구처럼 그렇게 이생과 저 생을 둘 다 버리고 싶었다.

그래, 이왕 이렇게 되었으니 오늘은 그냥 슬프기로 하자. 이것은 이미 예견된 수순. 이생의 슬픔이라는 곳에 도달했을 때 나의 손은 걸음을 멈추었고 묵직한 통증으로 한동안 고요하게 앉아 있었다. 결국 이렇게 되었다. 이생과 저 생의 환각에서 벗어났고 더 이상 갈 곳이 없다는 것을 알아챈 것이다.

'이'와 '생' 사이에 칸을 하나 벌려놓고 그 틈을 비집고 치밀어 오르는 필연적인 폭력을 읽는다. 이렇게 비참과 연루된 과오들을 어떻게 청산해야 하는가.

한 번도 가본 적이 없는 중국인 거리에서 나는 헤매고 있었다. 내가 모르는 향신료로 뒤덮인 상점의 부엌들에서부터 나의 불운은 조금씩 스미어 나오고 있었다. 그것들을 노래라고 누가 말했던가.

非音은 다카포로 끝없이 正歌를 연주하지만 나는 들을 줄 모른다. 그래서 너의 비극이 차이니즈 쟈스민을 피우는지도. 수의를 입은 아버지가 불현 듯 나의 곁을 지나가고.

어쨌든 나의 알맞춤한 병은 어깨 죽지에서 통증과 함께 늙어가고, 나는 밤마다 신신파스 만한 위로를 바른다. 그 시원한 슬픔은 아침까지 은은히 나의 팔뚝을 문지르고 있었다.

'생'을 한자로 변환하면서 나이와 이름을 적은 몰(歿)의 연대기를 떠올린다. 순차적으로 자라지 못하는 사랑은 대체 어디에서 피어나고 있는지.

기어이 절룩거리며 어두운 골목으로 긴 그림자를 집어넣는다. 너의 발이 향하는 음습한 유곽을 너는 아무래도 가지 못할 것이다. 너는 자꾸 뒤로 걷고 젖멍울이 사라지고 밋밋한 가슴이 되어 사춘기 병을 앓고 있다. 한 번도 가본 적이 없는 이 거리에서 만나는 고양이들, 버림받은 개들, 그것들이 낙서처럼 길고 구부러진 음화 속으로 도망칠 때 너는 감히 불행을 노래하려고 했다. 그래 이생에서 불행했다고 치자. 해독제가 없던 시절이었지.

열다섯 살이 스물다섯 살이 되면서 다시는 웃지 않게 되었다. 잘못했지? 너는 너무 많이 잘못했다! 너를 때린 선생이 늦은 점심으로 짜장면을 먹는 동안 너는 국기 게양대 밑에서 쭈그리고 앉아 오줌을 눈다. 눈가가 붉어지는 오후였다.

체벌의 형식으로 판서하던 소년의 붉은 뺨을 떠올린다. 빗금으로 지나가는 모든 학습의 시간들이 비극은 아니었다. 생은 한자로 변환되지 못했을 뿐이다.

보아라. '이'의 불편한 지시사항을 너는 잘 적고 있었겠지? 이 生의 슬픔이라고 너는 답했구나. 오답이 정답보다 아름다운 아침.

다시, 중국인 거리를 거닐고 싶다고 생각했다. 나의나와 나의너와너의나와너의너의 손을 잡고 싶다고 생각했다. 희미한 미소가 입가에 머물렀다. 끓는 기름 속에 손을 넣고 싶었던 순간을 너는 잊어버려야 한다. 커다랗게 부푼 공갈빵처럼 비어있는 부역의 순간들을. 그 모든 것들은 상점의 진열장에서 사라진 지 이미 오래인데. 지금도 가슴을 열면 오래된 멍의 흔적이 있다. 치와 욕을 구분할 수 없을 정도로 희미하게 남아있는.

나는 오늘도 그것들을 해독제 없이 먹어치운다. 이 영원한 복통을 나는 죽을 때까지 사랑하리. 분필가루가 잔뜩 묻은 지우개로 오후 두 시의 먼지들을 지웠고 이로써 나에게 몇 장의 지폐가 생겼다. 무엇을 사줄까. 문고리에 매달린 홍보지속의 상점들을 펼친다. 너는 그곳에도 없구나. 너는 저곳에도 없구나. 마지막 장까지 넘겼어도 너는 없구나. 이미 저 생으로 건너갔구나. 새벽부터 붉은 줄을 긋고 몰(歿)의 연대기를 적는 아침이었다. 오래전 아버지의 유언처럼, 문어체 슬픔으로.

아버지께 여쭙습니다

욕도 할 줄 몰라
술도 마실 줄 몰라
담배도 필 줄 몰라

부지런하고
다정다감하고
밤새워 글 쓰고
아침이면 노래 부르던 먼 곳에 계신 아버지께
못 드시는 쏘주 한 잔 채워드려야지
그리고 한 말씀 여쭤야지

아부지, 왜 나는
술만 디따 마시고
친구보다 담배가 더 좋고
밤마다 핏빛 감성으로 가슴속을 토해내고
아침마다 반성문 쓰는 걸까요, 아부지?

바람의 신부와
치즈케이크

배우들의 티타임

얼마 전 대학로에서 지인이 출연하는 연극을 관람했다.

동행 여부를 묻는 문자가 왔을 때는 참석이 불투명하다고 한 발 뒤로 뺐다. 여행 후유증으로 일주일 내내 몸살인 데다 공연은 주일 오후 3시 공연이었고 주일은 일주일 중 가장 바쁜 날이기 때문이었다. 하지만, 마음을 바꾸어 틈새 시간을 날듯이 뛰어서 대학로에 갔다. 얼마나 열정적으로 뛰었는지 약속 시간보다 무려 이십 분이나 일찍 도착했다.

만나기로 한 혜화 역 2번 출구 앞에는 아무도 없었다. 두리번거리다 바로 앞에 있는 스타벅스로 들어갔다. 혼잡하기 이를 데 없는 공간을 비집고 간신히 스툴 하나 차지하고 창밖을 바라보았다.

대학로. 길 건너편에는 오감도가 있었고 길 아래쪽에는

타박네가 있었지만 오래 전에 사라졌다. 동숭동 산꼭대기에 있던 문우의 자취방은 또 어떻고? 오감도와 타박네와 자취방을 세 꼭지점으로 방황하던 몇 년의 시절은, 절해고도에 홀로 버려져 온갖 태풍을 다 뒤집어쓴 형색이었고 지금 생각하면 (어느 분의 표현으로는)빛나는 청춘이었다.

결코 쉽지 않은 시간이었다. 그게 벌써 언제 적 이야기란 말인가. 나는 새삼 모던한 스타벅스 내부를 이방인처럼 둘러보았다. 책을 든 인간은 1도 없는, 화장을 덧칠하거나 휴대폰 삼매경에 빠져 있는 젊은 군상들을 바라보면서 그들의 청춘에 대하여도 잠시 생각했다. 다, 나름대로 '아프니까 청춘이다'의 강을 건너고 있겠지.

시간에 맞추어 나가니 2번 출구 앞 후미진 화단 경계석에 감독님이 조용히 앉아 계셨다. 늘 그렇듯 반가워하면서도, 어, 하는 듯한 표정이면서도 쑥스러운 듯 소리 없이 웃을락 말락 하는 그의 그런 모습을 나는 참 좋아한다.

하나 둘 지인들이 모이고 반갑게 악수를 하고 골목을 걸었다. 극장에 미리 도착해 있던 지인들과 다시 합세하고, 그리고 우리는 나란히 앉아 연극을 관람했다.

그 연극은 『노라의 집』이었다.

실내는 덥고 좁고 공기는 그다지 맑지 않았고 게다가 피곤했으므로 눈치채지 못하게 턱을 괴고 얼마간 졸기까지 했다. 내용을 이미 알고 있는 연극은 배우가 낯설게 연기하지 않으면 지루해진다. 나는 끝에 반전이 있다는 사실을 알면서도 그 진행이 별로 궁금하지 않았다. (죄송해요)

무대 위 세개의 문으로 쉴 새 없이 들락거리는 배우들을 보면서 저 동선을 대체 어떻게 다 외웠을까, 그런 생각만 줄곧 했다.

지인은 노라의 남편인 헬머 역을 맡아 열연했다. 노라는 종달새처럼 쉬지 않고 대사를 읊느라 정말 힘들었겠다 싶었다. 나는 노라보다 노라의 친구인 린데부인이 마음에 들었다. 조용하고 침착하며 연기의 깊이를 느낄 수 있었다.

배우들은 어떤 아우라가 분명히 존재한다.

멀리서 보아도 그들의 포즈는 남다르다. 옷차림이나 머리모양이 유별난 것도 아닌데 표정과 제스처가 역동적이며 살아있어서 모르는 사람이 보아도 아, 연기자구나 하고 알아차린다. 나는 일상에서도 자연스럽게 내면을 표현하는 (표현할 수 있는 능력이 있는) 그들의 재능이 부러웠다.

그리고 얼마 후 모임에서 린데부인을 다시 만났다.

처음에는 누군가 했는데 나와 악수하던 헬머가 이렇게 말하는 것이었다.

"린데부인이에요."

아. 나는 갑자기 눈이 부셨다. 연극을 관람하는 내내 린
네부인에게 꽂혀 있었던 터라 그랬을 것이다. 나는 그녀에
게 다가갔다.

"나는 그 연극에서 린데부인이 돋보였다고 생각해요. 정
말 연기도 좋았고 배역도 맞았던 것 같아요. 오히려 노라보
다 더."

진심이었다. 앞으로 린데부인이 우리 모임에 함께 할 것
이라는 헬머의 말이 나를 기쁘게 했다. 아름다운데다가 분
위기까지 있는 그녀와 함께 한다니.

늘 그랬듯 그날 모임도 진솔했다. 그날도 어김없이 우리
는 이런 저런 내면을 솔직하고도 천연덕스럽게 내보이는데
(누가 들으면 어떻게 저렇게 속살을 거침없이 내보일 수 있
나 할 것이다) 내 옆에 앉은 린데부인은 눈을 반짝이며 듣고
있었다. 그녀가 말했다.

"앞으로도 계속 나오고 싶어요."

어쩌다 보니 모임에 오는 분들은 연기자들이거나 감독
님들이다. 소설가 두 분이 계시지만 발길이 뜸하시다. 몇
년 전만 해도 거의 작가들이었다. 오랫동안 모임을 이끌어
온 분에 따르면 참석하는 분들은 자연스레 로테이션 된다

고 한다.

어쩌다 보니 배우들 틈에 끼어있게 된 나는 만날 때마다 연극 대본 좀 쓰라는 성화에 시달리기도 한다. 그들이 출연하는 연극이나 드라마를 보면서 타인의 인생을 연기하는 직업이 참 매력 있다는 생각이 들었다. 하도 연기 관련 이야기를 많이 듣다 보니 어떨 때는 나도 배우가 된 듯하다. 어떻게 생각하면 나 역시 연극판에 있는 게 아닐까. 글 속에서 주인공들의 일거수일투족을, 그들의 사유와 행동을, 말버릇조차 만들어 내니 말이다. 소설은 내 안의 여러 배우를 동시다발적으로 기용하고 있는 게 아닐까.

이래저래 배우들과의 티타임은 길어졌다.

나의 습관적인 작가적 시선으로 그들은 나의 뇌리 속에 캡처되었다. 사랑스러워라 배우들이여. 나는 린데부인에게 꽃다발이 걸어 온 것 같다고 말했다.

린데부인과 함께 한, 티타임에 오간 보석 같은 이야기들은, 어쩌면 오래지 않아 나의 첫 연극 대본 속에 등장할지도 모른다.

바람의 신부와 치즈케이크

몇 년 전인가 코코슈카의 걸작 〈바람의 신부〉를 처음 마주했을 때, 그의 알마에 대한 지독한 사랑을 몰랐음에도 불구하고 윽, 하는 신음이 흘러나왔다.

숨을 쉴 수 없었다. 그때 나의 손은 경련을 일으키고 있었을 것이다.

무섭도록 슬펐다.

잠든 알마의 편안한 숨소리를 듣고 있는 코코슈카의 퀭한 눈동자가 말해 주는 비극적인 사랑의 고통이 내 눈에서 눈물이 되어 흘렀다. 그대가 옆에 있어도 나는 그대가 그립다는 어느 시인의 말을 빌리지 않더라도.

영원은 신의 영역이고 신의 언어이다. 이 세상 그 무엇도 영원한 것은 없다.

사랑은 변한다.

사랑이 어떻게 변하니? 하는 물음은 이 세상에서 유지태가 마지막으로 던진 우문일 것이다. 이제는 아무도 사랑이 영원하다고 믿지 않는다.

어제 밤 얼핏 스친 드라마의 한 장면에서 누군가 말했다. 행복한 순간은 일생 동안 아주 짧으니까 있는 힘을 다해 그 시간을 즐겨! 아주 신나게 누려!

쳇.

행복은 누릴 수 없다. 행복한 순간을 행복하다고 느끼는 그 순간은 순간이므로 아주 빠른 속도로 삶을 관통하여 지나간다. 지나갔다. 다시는 오지 않는다. 인간은 어리석어서 일생동안 아흔 아홉 번의 아픔 속에서 피어난 단 한 번의 찰나적 환희를 떠올리며 다시 아흔 아홉 번의 참혹한 현실을 견디어 낸다.

아니, 어떻게 보면 인간은 지혜로운 것일까? 한 알 먹으면 잠이 들 수 있는 약과 한 알 먹으면 죽을 수 있는 약과 한 알 먹으면 행복할 수 있는 약 모두를 발명했고 적절하게 그 약을 복용하면서 죽기까지 삶을 견디어낸다.

알마 곁에 누웠으면서도 불안의 극치를 보여주는 코코슈카의 그 불행을 나는 이해한다. 이해하고 말고! 그래, 당신은 보헤미안 알마보다 훨씬 진정한 사랑을 한 거야. 그 불행은 그러므로 행복의 다른 말이지! 그런 '행복'은 아무나 누릴 수 없는 희소가치가 있는 거야. 그래서 당신의 사랑은 이렇게 후대에까지 회자되는 거 아니겠어?

알마와 헤어진 후 알마와 똑같은 밀납 인형을 만들어 옆에 앉혀놓고 같이 마차를 타고 가고 침대에 뉘어놓고 같이 잠을 자기도 했다는 코코슈카. 바람 같은 알마의 영혼 한 자락을 죽을 때까지 놓지 못했던 코코슈카. 바람인데! 아무리 애를 써도 잡을 수 없는 바람인데!

코코슈카가 알마에게 향했던 그 미친 집착도 사랑의 변형일까?

그런 미친 집착의 대상이 인간에 국한되지는 않을 것이다. 돈에 미치고 자식에게 미치고 잘난 부귀영화에 미친다. 아주 미쳐 돌아간다. 문제는 자신은 그렇게 미쳤다는 것을 모른다는 것.

제발, 죽기 직전에 깨달으면 안 된다. 죽는 그 순간까지 헛된 것들을 잡으려고 두 손을 허우적거리기를.

나는 죽기 직전 뉘우치는 악한을 제일 혐오한다. 줏대 있게, 죽을 때까지 초지일관 자신의 가치관을 밀고 나가는 것이 차라리 낫다. 아, 내가 지금 뭔 소리를 하는 것이람? 점심도 치즈 케이크와 커피, 저녁도 치즈 케이크와 커피, 이렇게 엉뚱한 간식으로 하루의 양식을 삼아서 헷갈리는 건가?

    내가 아는 예술을 하는 인간들은 섣불리 '행복'이라는 단어를 쓰지 않거니와 혹 누군가 그 단어를 언급하면 매우 식상하다는 표정을 감추지 않는다. 그들은 행복 보다는 '충만'이라는 단어를 미치도록 좋아한다.

    흥, 그렇게 말을 바꾸면 좀 멋있는 줄 아나보지?

    인생의 굴곡을 깊숙하게 겪기를 원하고 지옥 밑바닥에서 천국 끄트머리까지 롤러코스터 타는 듯한 파격적이며 저돌적인 인생을 꿈꾼다.

    하지만 대개의 예술가들은 그것을 '꿈꾸기만' 할 뿐이다. 그들은 지극히 계산적이며 이기적이며 삶에 순응하는 법을 익히 잘 알고 있어서 자본주의, 물질만능주의에 충만한 현실과의 괴리를 입으로만 '충만'하게 지껄인다.

    정도의 차이는 있겠지만 예술가들도 한국인임을 강하게 증명하는데 일가견이 있는 것 같다. 최선을 다해 강남으로 가고 싶어 하고 자식들을 일류대에 보내고 싶어 하고 차를 바꾸고 싶어 하고 오지에의 여행을 꿈꾼다.

    서울 근교에 작업실을 꾸미고 사진작가를 초대하여 널찍

한 아뜰리에에서 포즈를 잡은 사진은 문화계의 한 귀퉁이를 장식하게 마련이다. 교수이거나 전문직에 있는 배우자의 경제적 능력과 사회적 지위에 힘입어 언론의 포커스에 노출되고 싶어 하고 어느 순간에 이르러서는, 과연, 그렇게 된다.

유명한 예술가.

내가 이해하는 한, 한국에서 활동하는 유명한 예술가는 -이쯤에서 대개, 라고 발뺌을 해야겠지- 서울이나 외국의 도시에서 오래 살았고 짱짱한 선배들이 그득한 학교 출신이며 하다못해 동네친구들도 지역에 따라 이런저런 유명세를 타는 이들이 거반이며 멋지고 아름다우며 럭셔리하고 문화적 접촉에 능하여 각종 행사에 얼굴을 들이민다. 그렇게 쌓아놓은 교분은 다시 다른 문화계 인사나 예술가로 연결되고 다시 의기투합하는 자리가 만들어지고 연락처를 주고 받으며 술잔을 기울인다.

포도주의 레벨을 줄줄 외우고 외국의 복잡한 도시 이름을 옆집 순이 이름처럼 친밀하게 거론하고 인문학자들의 주장을 나의 논리에 포함시키고 클래식에 심취하고 도심의 럭셔리한 라운지에서 책처럼 두꺼운 메뉴판을 뒤적인다. 그들의 문화는 다분히 상류층의 그것과 닮아있다. 심지어 서로 친하기까지 하다. 그렇게 해서 명성을 획득하기도 한다. 친분은 서로의 신분을 상승시켜주기도 하니까.

엊그제 만난 사부님은 나에게 이렇게 말했다.

"작가와 가난은 필연이다. 그 결핍은 글을 낳게 한다."

"하지만 사부님, 저는 그런 도식이 정말 싫어요. 끼리끼리의 예술도 물론 싫어요."

반항은 하면서도 우울했다.

나의 '끼리끼리 예술'은 나만큼이나 무명의 길을 걷는 문우들로 꽉차 있으니.

오래 동안 나의 문우로 존재했던(과거로 할까, 현재진행형으로 할까 하다가 만난 지 3년이 지났으므로 과거완료형으로 '완료'했다) 누군가는 자신의 신간 저서를 '소장용'이라고 비하했다. 한국 최고의 출판사에서 출간되었음에도 그의 책은 잠깐 서점에서 반짝이다가 초판조차 다 소화하지 못하고 밀려났다.

아, 이렇게 길고 긴 잡설은 확 지워버려야 하는데 손목에 힘줄이 돋도록 빠른 시간에 휘갈겨 쓴 신성한 나의 노동이 아까워 차마 지우지는 못하겠다.

그래, 바람의 신부라도 다시 들여다보아야겠다. 그러면서 이렇게 생각해보는 거지. 코코슈카도 평생 알마와 살았더라면 연애의 기억만 간직하는 시큰둥한 말년을 보내지 않았을까, 하고. 바람의 신부가 문득 떠올라서 이 밤 이토록 손 아프게 자판을 두드리는 이 무의미한 행위에 대하여 나는 더 이상 변명 같은 거 하지 않겠다.

　다만 나도 생일도 지났고 했으니, 철이 좀 더 들어서, 그 바람 같은 어떤 것에 더 이상 미련 두지 말고, 그 중 가장 바람 같은 문학이니 예술이니 하는 것에도 더 이상 미련 두지 말고, 그냥

　치즈케이크나 먹어버리는 거다.

바람의 신부(Bride of The Wind)
코코슈가(Kokoschca. 1886-1980)가
평생 사랑했던 알마를 그린 최대의 역작

나는 불행하다

나는 이 연극을 선택하지 않았다.

그럼에도 연극을 보러 간 것은 지인이 출연하기 때문이다. 그녀를 통해 몇 달 전부터 어느 연극을 하려 한다는 것, 상대 배역의 남자를 오디션 한다는 것, 어느 경향의 남자가 발탁되었다는 것을 알고 있었다.

지인은 연습 일정 때문에 모임 중간에 종종걸음으로 빠져나가곤 했다. 누구도 어떤 연극이냐 제목이 무엇이냐 누구의 작품이냐고 묻지 않았고 그녀 역시 자세하게 말을 꺼내지 않았다.

연기자인 그녀는 가끔 TV에서 얼핏 스쳐가는 모습으로 등장했으나 퇴장이 명확하지 않았다. 시청자의 눈길을 사로

잡기에는 너무 짧은 시간이었던 것이다.

그러던 지난 봄, 그녀와 함께 일박이일을 할 기회가 있었다. 펜션 앞마당에 앉아 두시가 넘도록 술잔을 기울이며 이야기를 나누었다. 서로에 대해 아는 것이 별로 없었으므로 이야기는 오히려 담백하고 깊었다. 서로에게 아는 것이 많다고 해서 대화가 깊어지는 것은 아니다.

그런 짧은 인연으로 나는 대학로에 갔다.

노을 소극장 로비에서 너무도 뜨거운 나머지 입천장을 데이게 만들었던 커피를 홀짝거리면서 이십 여분을 기다렸고 객석 맨 앞자리에 자리를 잡았다.

마지막 공연이었고 만석이었다. 자리가 모자라 보조의자를 앞자리에 놓아야했다. 모처럼 가득 찬 객석을 보니 내 마음이 다 뿌듯했다. 그렇게해서 연극 '장엄한 예식'을 보았다. 페르난도 아라발이라는, 알고 보니 대단한, 아주 유명한, 에스파냐 태생 프랑스 극작가도 모르는 채. 연출가도 모르고 극단 이름도 모르는 채.

장엄한 예식. 시작 전부터 팸플릿에서 확인한 제목이 이미 내 마음을 빼앗고 있었다. 한 시간 반이 넘는 런닝 타임 동안 나는 그로테스크한 세계 속으로 완전히 빨려 들어가고 말았다. 그 누구라도 그랬으리라, 그 때 그 연극을 보았던 사람들은.

옆자리의 남자는 연극이 진행될수록 몸이 점점 앞으로 기울더니 객석에서 불과 한 발짝 앞인 무대 속으로 뛰어들 것 같은 포즈가 되었다.

"나는 불행하다."

이 대사는 공연 내내 지인의 입에서 반복되었다. 그녀의 눈동자, 손놀림, 핏빛 잠옷과 체념적인 어깨, 그 하나하나가 나에게 개벽이었다.

나는 그 감정을 표현할 길이 없다. 이렇게 몇 글자로 표현하고 싶지도 않다. 그만큼 감동은 격렬했다.

내 동공은 평소의 두 배는 되었으리라. 그것은 놀람과 경이와 기쁨에 가득 차 있었을 것이다. 나는 그녀의 말에 전적으로 호응했고 그녀와 함께 절규했고 그녀와 함께 비웃었고 그녀와 함께 채찍을 들어야했다.

높지도 낮지도 않은 톤으로 거푸 말하는 그녀의 목소리가 지금도 내 귓가에 들려온다.

"나는 불행하다."

나는 분명히 알고 있었다. 페르난도 아라발이 원하는 역할을 십분 발휘하는 그녀야말로 행복하다는 것을. 나도 그녀처럼, '나는 불행하다'고 외치는 행복을 맛보고 싶었다.

몇 주째 너무도 꽉 짜인 일상에서 파묻혀 지냈다. 그렇게 일상의 즐거움을 만끽하던 나의 온몸과 정신을 흔들어대는 이 충격은 대체 무엇이란 말인가.

감히 그 흔들림, 그 카오스적인 충격을 사랑한다고, 그 심각한 정신적 오류와 내면의 갈등을 표피 밖으로 처연하게 드러내고 싶어 한다고, 그렇게 말하고 싶은 나는 지금 무엇을 하고 있는가.

며칠 후 그녀를 만나게 될 것이다. 그녀를 만나면 나는 그녀의 손을 잡고 이렇게 말할 것 같다.

"나는 불행하다."

그녀는 내 영혼 깊은 곳에서 솟구치는, 내 몸이 갈가리 찢어지는 고통 속의 행복을 느낄 수 있을 것이다. 아마도.

다카포

작업에 신뢰가 가지 않을 때. 힘이 빠지고, 어쩐지 죽을 쑤고 있다는 심정이 굳어질 때. 그리하여 씨발, 씨발 하면서 줄담배만 피울 수밖에 없는 어제 오늘 같은 상황이 되면 나는 여지없이 음악 속으로 달아나 버린다.

음악 폴더에서 두 시간 정도짜리 음악을 곰 플레이어에 저장시켜놓고, 한 바퀴 돌면 에궁 그새 두 시간 흘렀구나, 하는 식으로 하루를 땜빵 해버리는 것이다. 듣다가 그 중에서 더욱 필이 꽂히는 곡이 있으면 무한 재생시켜 버린다. 헤드폰을 낀 귓바퀴가 얼얼하도록 틀어놓고, 명상인지 묵상인지 수행인지 모를 시간을 갖는 것이다. 누군가에게는 그 시간을 면벽수행이라고 했지만.

일테면 오늘은 베토벤 피아노 협주곡 5번 황제 E 플랫 메이저에 꽂혀 스무 번 가까이 들었다. 아, 물론 지금도 듣고 있다. 며칠 전에는 바그너의 장례 행진곡에 꽂혀 7분 18초짜리를 50번 이상 들었다. 그 며칠 전에는 알레그리의 미제레레(자그마치 13분 20초짜리)를 그야말로 날밤이 새도록 들었다. 아마, 회개할 거리가 많았던 모양이지.

문학동네에서 정기구독자에게 보너스로 선물한 열두 장짜리 CD 선물은 EMI 클래식이라 음질이 과히 나쁘지 않아 뱅뱅 돌리면서 듣는데 지금은 많이 지겨워졌다. 그래도 그런 선물은 참 반갑다.

작업할 때는 뭐니뭐니해도 클래식이 좋은데 소품은 절대 사절이다. 맥이 빨리 끊어지고 소절까지 외우는 빤한 곡이 나오면 짜증이 나게 마련이다. 결국 귀에 얹힐만한 곡이되 너무 낯익은 작품은 사양한다는 말씀. 그럴 때 생각나는 곳은 츠녀시절(나의 처녀시절은 이렇게 말해야 분위기가 살아난다)에 즐겨갔던 충무로 클래식 홀 필하모니스. 쥬스 한 잔 아껴 마시면서 장장 여섯 시간은 기본으로 졸다 깨다 하면서 세월을 죽이던 시절도 있었다. 그렇다고 클래식에 조예가 깊은 것도 아니다. 뭐시기가 나오면 그게 말이야 멘델스존 바이올린 협주곡 OP64넹, 죽여주는군, 그렇게

곡이며 작곡가를 빠삭하게 알지는 못한다. 클래식 방면에서
월등한 지식을 자랑하는 남편은 언제나 내가 저게 무슨 곡
이지? 하고 물어봐 주기를 고대한다. 그래서 일부러 물어보
기도 한다. 그때 입이 찢어지는 남편 얼굴 정말 보여주고 싶
다. 참나...그렇게 잘난 척 하고 싶은가? 그 나이에?

작곡자를 모른다거나 곡명을 모르는 게 뭐 그리 대순가?
내가 좋아하는 곡은 일단 20분 이상 끊어짐이 없는 연주곡
이다. 모짜르트는 쫌 작업에 방해가 되는 편이다(모짜르트
클라리넷 협주곡 2악장은 제외한다. 아웃 어브 아프리카에
서 너무 아름답게 들은 기억이 있으므로, 그게 또 살짝 길어
서 더욱 좋다) 베토벤, 물론 좋지만 문제는 너무 유명한 연
주가 많아서 까딱하다가는 손 놓고 맥 놓고 음악 속으로 빨
려 들어갈 기미가 역력하므로 볼륨을 최소한으로 줄여놓아
야 한다는 주의사항이 붙는다.

한 때 미국본토 어디선가에서 보내주는 웹사이트의 클래
식 방송을 열라 들은 적도 있었는데 노트북 다시 깔다가 주
소를 잊어버려 지금은 못 찾는다는 것이 아쉽다. 크리스천
답게 미사곡이나 떼제의 성가등도 좋아하는데 특히 홀딱 빠
지는 것은 그레고리안 성가 계통이다. 그렇다고 꼭 클래식
만 듣는 것도 아니다. 두 시간짜리 선곡할 때는 댄스곡이나
국산 곡 몇 개도 꼭 집어넣는데 그것은 일종의 양념 효과가

있다. 요즘의 양념은 매직키, 그리고 양동근의 골목길이다. 언젠가는 뱀이다~를 끼워 듣기도 했다.

오늘 같은 경우는 너무 한심한 작업량에다 질도 형편없어서 온종일 야코가 죽어지냈다. 하는 수없이 오후 네 시 넘어서는 성경구절을 120절 필사해 버렸다. 나는 강박증이 있어서 하루에 자판을 일정 시간 두드리지 않으면 소화가 되지 않는다.

그래서 지금도 이렇게 자판 연습 삼아 놓고 있는 것이다. 글을 쓰는 것은 쉬운 일은 아니다. 내가 낮아지는 상대가 이 세상에 두 가지가 있는데 하나는 하나님, 또 하나는 소설쓰기다.

만약 내가 소설을 쓰지 않았더라면 지금처럼 겸손한(!) 나는 결코 보여주지 못했을 것이다. 죽도록 자학하게 만들고, 에라, 걍 식당에서 설거지나 하시지, 하면서 내가 나를 못살게 굴면서 이렇게 사는 신세가 좋다고는 할 수 없겠지만 어쩔거나, 우리 샘의 말대로 글쓰기는 천형(天刑)인 것을.

샘의 악담에 의하면 우리들은 전생에 죄를 너무 많이 져서 그런 벌(간절히 쓰기를 원하지만 쓸 수 없어 무지막지하게 고통당하는)을 평생 받는 것이라면서 술 마실 때마다 우리를 괴롭혔다.

이제는 자야겠다. 실은 소설 한 권 들쳐보려고 했으나, 갑자기 맥이 쏙 빠져 어떤 년놈들의 소설도 읽고 싶은 마음이 싹 달아나 버려서 개념어 사전, 뭐 이런 거 들척거리다가 결국 이렇게 쓴 커피 마시면서 혼자 놀고 있는 것이다.

그나저나 내일이랑 모레 소위 휴가라는 것을 떠나려고 하는데 비가 많이 오신다네?

남편은 걱정하는데 나는 좋아 죽을 지경이다. 비가 억수같이 오는 길을 한나절 드라이브 하고 싶었던 소원 하나를 내일 모레 이루게 생겼으니 말이다. 아차, 차에서 들을 CD나 잊지 않고 챙겨야겠다. 이렇게 슬럼프에 빠졌을 때는 낯선 곳이든 먼 곳이든 가서 비도 흠씬 맞고 회도 진탕 먹고, 술판도 질펀하게 벌리고 아싸리(?)하게 놀다 오는 거지, 사는 게 뭐 있나.

오늘 온종일 음악도 다 카포, 글쓰기도 다카포. 그래 일단 떠났다 다시 돌아와서 다시 시작하자. 그렇게 해서 나의 삶도 다카포. 그나저나 베토벤 황제, 저 어마무시한 연주 솜씨는 제르킨이 아닐까? 저 박력 있는 터치! 대체 나는 얼마나 시간이 흘러야 저렇게 박력 있게 자판을 두드릴 수 있을까...

태극당 여자들

-소설에 미친, 나잇살이나 먹은 여인 다섯이
태극당 빵집에서 소설 스타디 모임을 갖던 어느 날의 번개-

바람 부는 오월의 첫날이었더라. 모처럼 년들과 만나기로 하였으므로 오후 다섯 시 대학로 KFC 앞이라는 약속을 지키기 위하여 숨이 턱에 닿도록 뛰어 혜화역 2번 출구로 뛰어나왔겠다? 원래 번잡스럽기 짝이 없는 동네인지라 웬만큼 큰 소동에는 끄떡도 안하는 아줌마 귀에도 어쩐지 기이쩍은 소란이 느껴졌으니, 이는 알고 보니 거국적인 노동절 집회였더라.

도로 안팎으로 만장처럼 휘날리는 깃발들을 보니 가슴이 벅차올랐다네. 귀 고막이 살짝 찢어졌을까 두려워지는 음량의 엠프가 내 심장마저 땅 밑으로 끌어내리고 있었다네. 아, 그 무수한 군중의 무리들과 마주한 바로 그 순간, 나도 모르게 눈물이 핑 돌았겠다?

시커먼 색안경를 끼고 두리두리 살펴본 즉, 오기로 했던 년들은 한 년도 안보이고 수천 명의 노동자들만 피 끓는 혈기를 대학로 길 위에 뿌리며 구호를 외치고 노래를 부르는 모습이 과연 장관이더라.

나, 기다리던 년들은 잊어버리고 세월을 진냥 깎아먹고 스물 남짓한 시절을 주움 업 하여 날렵한 츠녀의 몸이 되는 바람에 뱃살 없어지고, 팔뚝 살집도 없어지고, 그리하여 십 몇 킬로 확 줄어든 몸매가 되어 옛날 오감도 있던 자리를 그윽한 눈길로 바라보고 기억을 더듬는데 노동자들의 노랫소리까지 배경으로 깔아주니 팔짱낀 오통통 팔뚝에 소름이 좌악 돋는 것이 아니겠는가?

뒤늦게 나타난 년들이 뒤통수에 대고 질러대는 소리에 정신이 퍼뜩 난 나, 간만에 보는 년들과 하이파이브를 한 후, 어쩔꺼나, 우리 술이고 뭐고 일단 저 속에 끼겨 들어가 소리 좀 내볼까나 했더니만, 년들, 아서라 언니, 우리는 뒷 골목 잘 뒤져 술이나 푸자, 하고 말리는 바람에 못이기는 척 낯익은 뒷골목을 뒤지기 시작한 것이었더라.

년들은 모르겠지만, 그렇게도 보고 싶었던 년들을 막상 보니 상대적 빈곤에 시달리던 고통이 내장에 또아리를 틀고 다시 아랫배를 살살 조여 오는 것이 어찌 조짐이 별로인 것을 몸이 먼저 느끼겠더라만, 차마 소갈딱지 없는 나의 속내를 드러낼 수는 없고 해서 일차 선술집으로 들어갔것다.

기생 오래비 같은 웨이터가 메뉴판을 하필 나에게 들이미는데 내, 뭐라고 했는지 아는가?

-난 글자만 보면 없던 알러지가 돋아나 눈물이 솟고 쉴새 없이 잔기침을 하고, 말간 콧물을 졸졸 흘리기 때문에, 나에게 들이대지 마소, 한마디로 말하면 글자혐오증이랄까.

웨이터 무슨 소리인지 미처 해독하지 못한 채 머뭇거리므로, 한 년이 다른 한 년에게 메뉴판을 좀 보라고 지청구를 주니 그년 왈,

-나도 마찬가지여, 한글혐오증이 생겨 가나다라만 봤다하면 백내장 걸린 것처럼 눈에 부옇게 막이 생긴다니께.

참나, 온종일 오피스텔 잡아놓고, 혹은 고시원에서, 아니면 도서관에 출근하여 글 쓰는지 하늘도 알고 땅도 알고 나도 아는데 이년들이 공자 앞에서 왕 문자를 쓰고 지랄들이 아닌가!

하긴 오늘의 만남도 단체 슬럼프에 빠진 것을 기념하여, 이제 더 이상 우리를 방기할 수 없다, 문단은 바로 우리다, 하는 새로운 자각으로 거듭나고자 동맹유지 차원에서 위하여! 를 하려함이 아니던가! 어쨌든 글자편집증과 글자혐오증 증상에 시달리는 년들이 모여 일단, 소설의 소자도 입밖에 내지 아니 하고 주변잡기에 대하여 논하기 시작하였더라.

개성 충만한 소설가 년들인지라, 누구는 맥주, 누구는 청하, 나는 물론 쏘주, 이렇게 각자 구미에 맞게 주류를 시킨 후 각자 꿰차고 앉아 먹고 마시는데 태생이 잡문 쓰는 소설가 년들인지라 대화 자체가 소설이요, 명언이요, 만담이요, 경구요, 시요, 개콘 리허설 같은지라. 서로의 말대꾸를 다시 말대꾸하다가 이리 쓰러지고 저리 쓰러지면서, 다른 어떤 만남에서도 알 수 없고 볼 수 없고 느낄 수 없는 카타르시스를 음미하면서, 아줌마들답게 나오는 안줏거리마다 시식에 따른 품평회도 더할 나위없는 촌철살인을 휘두르는데, 가장 비쌌던 그 음식 값은 엊그제 창작기금을 1,200만 원이나 탄 년이 지불했지만 얻어먹는 년들은 하나도 미안한 기색도 없고 그닥 고마워하는 눈치도 아닌 것이, 년들도 소갈딱지는 나와 엇비슷했기 때문이지 않았을까?

그리하여 일단 배도 채우고 알딸딸의 초기증상에 이른 년들은 한 때 어울려 다녔던, 날밤 새우며 미친 듯 자판을 두드렸던 옛 추억을 음미하기 위하여 단골 부침개집으로 자리를 옮겼것다? 한 년이 담배를 피우는 바람에 장소불문, 안주맛 불문, 분위기 불문하고, 흡연석 따지는 럭셔리한 술집은 엄두를 못 내고 그저 잡년들 노는 것처럼 둔탁한 나무 테이블 있고 화장실에는 약간의 지린내가 가시지 않고 휴지통에는 휴지가 넘쳐나며 저렴한 안주 덕택(글쎄올시다, 부침

개 한 장이 만 육천 원하는 것이 싸다고 말 할 수 있을지 알 수 없으되)으로 손님 만땅인 그곳에 주저앉아 문단, 소설, 작가 등등에 대한 소식에다 얼마 전 모모 문학상에 아슬아슬하게 떨어진 년에게 기자회견을 하여 그간의 심경, 그때의 심경, 지금의 심경들을 지치지도 않고 물어보며 메이데이의 밤이 깊어갔더라.

　어느새 년들, 나를 포함하여 얼추 취해갔더라, 기분이 그런대로 업이 된 상황에, 담배 피는 한 년이 빈 갑을 흔들며 편의점으로 뛰쳐나가려는 것을 붙잡은 나, 이 언니가 사 주마, 하면서 년이 피는 담배 -기생첩년이 피는 것 같은 에세라이트- 한 갑을 사면서, 불현듯 옛 생각이 나서 레종 한 갑을 샀것다?

　이리하여 히죽 웃으며 레종 한 개비 입에 물었더니, 년들이 기함을 하면서 언니, 몇 년 동안 끊은 담배를 어이해 다시 피우려우, 우리가 뭘 기분 나쁘게 한 것 있남? 하면서 호들갑이었던 바, 그 모습이 귀엽기도 하고 우습기도 해서 제법 점잖게, 이러지들 말아라, 뭐 그리 큰소리 낼 일이 있는고, 하면서 마패 숨긴 이도령 마냥 절도 있고 위엄 있게 좌중을 안정시키고는 몇 년 만에 레종 한 개비를 피워 무는데 얼라? 참 장난 아니게 맛이 있는 것이 아니겠는가? 연거푸 서너 대를 입에 물고 가만히 생각하기를, 이제부터 술 좀 마시면 담배 몇 대 피워도 참 재미난 인생이것다, 하는 생각에 사뭇 기분이 좋아졌더라. 그리하여 점점 귀여워 보이는 년들과 자정너머까지 대학로 술집에 퍼질러 있다가 어찌어찌 지하철 막차를 타고 노원에 내리는데 착한 어떤 년이 택시 잡아타라고 돈까지 쥐어주는 것이 아니 것는가! 히야, 온종일 공치던 싸롱의 늙수레한 마담, 간만에 팁 받아 챙기는 기분이 되어 앗싸, 하면서 총알택시 타고 집까지 왔다지 않나.

대학로에서 년들을 만난 지 한 달이 넘어가자, 온 몸에 부스럼이 돋은 것처럼 근질근질해지더라. 조갈증에 가깝증이 더하여졌으므로, 도리 없이 한 년에게 문자를 날렸더라.

왕언니, 니들이 보고잡어 속이 타느니라. 석사논문집 준다고 한지 딱 열 달 지났는데 그거라도 들고 나오면 안 되것냐. 그렇게 년들을 집합시켰더라.

그렇게 해서 의기투합하여 만난 3시부터 삼십 도에 육박하는 땡볕아래에서 술집을 찾아 헤매는디, 그것이 쉽게 찾아지지 않는 것이, 문고리 잡으면 딸깍, 하면서 잠긴 문이 태반이요 불 꺼진 호프집, 선술집뿐이라, 쉼 없이 달음질하여 일고여덟 곳을 헤맨 뒤에야 겨우 한 곳에 입성하게 되었더라.

보나마나 첫손님이 분명한지라 제법 위엄을 차리고 하이트, 하이트, 청하, 하면서 한 년이 메뉴판을 수학정석2 훑듯 위아래 앞 뒷장을 철저 분석하는 사이, 한 년은 저승방명록 같은 시커먼 석사논문집을 하나씩 안겨주는데 제목을 보니 이게 무어라? 알레고리: 소설의 심층을 들여다보기? 보나마나 그레고리 잠자가 안 나올 리 없을 터. 대강 훑어보아도 눈앞에 다정하게 다가오는 몇 몇 이름들이 연인처럼 반가웠더라. 내, 아는 척을 하려고, 야들아, 하고 운을 떼려는 순간 년들이 일제히 모르쇠하는 표정으로 각자 술병을 쳐들고, 해물탕을 뒤적이고 담배 연기를 날리는 등 쌩뚱맞은 얼굴들이 아니던가! 말인즉슨 소설의 소자도 거론하기를 원하지 아니 하나이다, 이거였더라. 그으래에?

내, 분을 참느라 달포 전 사다놓은 마일드세븐을 꺼내 년들이 먹고 마시는 언저리로 쉴 새 없이 내뿜었더라. 그래도 꿋꿋하게 먹고 마시던 년들, 술과 안주가 뱃속에 조금씩 쟁여지자 쟁여진 면적만큼의 속내가 솔솔 입 밖으로 나오는데 아니, 이년들이 나 몰래 온갖 작업을 다해놓고 있었네그랴?

살곰살곰 내 눈치를 젤로 살피던 한 년이 실은 9월에 워디워디(이크 그 유명하신 출판사)에서 책이 나오게 되었당게로, 하자 또 한 년이 실은 어찌저찌(히야, 그 어찌저찌에 등장하는 인물들은 신문잡지상에 오르내리는 작가 평론

가 출판사 사장이 아니던가)되어 빨리 원고를 가져와라, 하는데 좀 빼는 중이라든가. 이런 지랄~

나, 입이 헤 벌어진 채로: 그럼, 책이 원제 나온다니?

한 년:(내 눈치를 보며 기어가는 목소리로): 글쎄 그쪽에서는 여름에 내고 싶어 하든디...

속이 쓰려온 나, 절로 배를 부여잡고: 거참...축하할 일이로고...

나, 그쯤에서 왜 한 년의 권유를 받아들여 청하로 술을 시작했는지 후회막급이었더라. 처음처럼을 처음부터 마셨어야 했는데 이미 청하 두어 병을 비운 뒤라 어찌할 수 없이 잔을 빨리 비우기 시작하였는데, 눈치 빠른 년이 계속 벨을 눌러 내 술잔이 비지 않도록 계속 청하를 청하는데 열과 성을 다하였더라. 내, 그 모습을 보니 더욱더 자신이 처량 맞아진 고로, 들이키느니 술잔이요, 뿜어내느니 줄담배 연기였더라.

그러던 중 고인 명부 같은 논문집을 안긴 년 왈, 다음 주 몽골 갔다 한 여드레 놀다 올 테여.

나, 이제는 심신이 매우 피로해지고 눈도 아프고 머리도 지끈거리므로 모든 게 빠져나간 빈 가슴이 울컥거렸더라. 몽골 간다고라? 허면 우르나 노래나 진창 듣고 오려므나.

언니, 우르나가 누구여? 것두 안듣구 소설을 쓴다구! 우르나는 몽골 못가는 년이 밤새들으면서 속 태우는 요람곡을 기똥차게 부르는 년이란다. 그려어?

하여 년들과 함께 같이 있었던 열 시간은 나의 좌절 그래프를 상한가까지 치솟게 만들었고, 밴댕이 소가지 나는 속으로 속절없이 후회만 씹었더라. 대체 무슨 영화를 보겠다고 년들을 들쑤려 만났더란 말이드냐...

자정 가까운 시각, 대학로 길바닥에 선 나, 하릴없이 길건너편을 바라보았더라. 절로 눈이 가늘게 떠지면서 삼십여년 전의 거리 풍경이 오롯이 되살아났더라. 가만있자, 저어기 쯤에 타박네가 있었지? 그 옛날 날마다 해만 지면 타박네의 쇠 문고리를 잡아당기던 내가 있었지? 그 때의 년은 누구고 지금 이렇게 멍하니 서 있는 년은 또 누구란 말인가.

많이 취했는지 나도 모르게 히죽 웃음이 나오더라. 하지만 그거이 과연 웃음이었을까? 그렇게, 떨어지지 않는 발길로 타박타박 걸어갔것다? 어딘지도 모르는 어딘가로 말이시.

타박타박 타박네야 네 어드메 울고가니

새벽, 대학로

-내 인생에서 소설이 神이었을 때-

가물가물한 기억 속의 초여름의 어느 날 새벽, 나를 비롯한 비슷한 연배의 년 셋은 대학로 KFC 바로 밑 계단에 쭈그리고 앉아 있었다. 솔직하게 말한다면 그 중 한 년은 반기절 상태로 계단에 쓰러져 있었다. 술로 퉁퉁 부은 얼굴이며 구겨진 옷차림은 영락없는 홈리스의 모습, 바로 그것이었다. 새벽 3시부터 몇 시간째 길바닥에 대책 없이 앉아 있을 수밖에 없는 이유인즉슨.

전날 저녁, 대학로 민토에서 소설 수업이 있었다. 반장이었던 나는 열과 성을 다하여 쪼꼬다마(회원 작품에 샘이 일갈을 하기 전에 거의 모든 사시미를 앞서서 떠주는)의 임무를 완수하고, 예외 없이 질펀한 2차를 가졌다.

가물가물한 기억으로는 그날 샘을 비롯한 거의 모든 회원이 맛이 갔다고 할 수 있을 것이다. 열두 명 정원인 회원들을 거느린 샘은 마치 열두 제자를 거느린 예수처럼 포스 작렬하는 아우라를 번쩍이며 그곳에서 교주 노릇을 하고 있었던 바, 2차를 가지 않는, 가정에 성실한 회원은 사람 취급도 받지 못했으므로, 사람이 되려면 2차는 필수였다.

준비성 철저한 내가 미리 예약한 단골 술집에서 홀 한 구석을 차지하고 왁자지껄하게 이렇게 위하여, 저렇게 위하여 수없이 잔과 잔을 부딪치며 먹고 마신 결과, 늘 그렇듯 혈관의 절반 정도는 술이 둥둥 떠다니는 상황이 되는 것이었고, 그러면 흘러간 팝송 부르고 싶어 안달인 샘을 위하여 또 단골 노래방으로 3차를 (꼭)가야했다.

노래방으로 가기 전, 나의 시다바리(혐일주의 분들께는 미안. 이 상황에 어울리는 외국어는 꼭 써야 제 맛이 나는 것 같아서)는 어디론가 달려가서 양주 한 병을 가방 속에 쑤셔 넣고 달려왔는데, 거리의 여자들처럼 노래방 의자에 나란히 앉혀놓고는 양주에 콜라, 양주에 맥주 이런 식으로 샘 마음대로 조제한 폭탄주를 원샷하셔야 했다.

정수리에 컵을 거꾸로 들어 확인, 하는 절차를 거치지 않으면 지키고 서 있는 샘에게 무릎을 쪼인트 당하거나

〈인간답게 살거라〉하는 말도 되지 않는 훈계를 들어야 했으므로 모두모두 원샷이었다.

그런데 2차에서 약간의 문제가 생겼다. 나 비스므리하게 칼칼한 어떤 년이 샘에게 뭔가 대거리를 했다가 샘의 심기를 불편하게 만들어 버린 것이었다. 반장을 맡고 있는 책임감 강한 나로서는 분위기를 바꿀 자구책이 필요했다. 그렇다, 오늘은 샘과 함께 걍 열라 놀아주자.

그리하여 회원 전체가 핑 돌아버렸다. 소설에 미친 년들은 서로의 가족에게 크로스로 전화를 해주었다. 얘는 쟤의 남편에게, 쟤는 얘의 남편에게, 남편들의 성격을 잘 분석하여 소설적인 상황을 잘도 꾸며댔겠지.

3차 노래방에서 다른 날보다 휠 취기가 오른 샘이 팝송 몇 곡을 때리고 나시자, 슬슬 입가가 벌어지며 예의 헛웃음을 남발하시기 시작했다. 샘의 심경의 변화를 샘의 와이프보다 더 잘 안다고 확신하는 회원들은 열과 성을 다해 탬버린 흔들어주고 4차로 향했는데.

그 놈의 데킬라가 문제였다.

요상한 벌레 한 마리가 병 밑바닥에 깔린 데킬라를 인원 수대로 잘 분배하고, 맥심 커피 알갱이와 소금을 원손 엄지 손등 위에 올려놓고(참 이상한 방식이지만 그렇게 마시는

게 데킬라 주도란다) 오른 손가락으로 성의 있게 문질러 잘 섞은 후 혓바닥을 길게 내밀어 핥았다.

그러는 사이 두엇 회원이 화장실 가는 척하고 내뺐다. 2시가 넘은 시각이었으니 슬금슬금 자리를 뜨는 시각이기도 했다. 한 년은 구석에서 비몽사몽 헤매고 있고, 또 한 년은 안주를 입에 문 채 졸고 있고, 또 한 년은 계속 까르륵까르륵 웃고 있고, 또 한 년은 이미 푹신한 소파에 웅크려 잠이 들었다. 그런데 그런 와중에 뒤늦게 깃빨난 한 년이 다시 데킬라 한 병을 시켜버린 것이었다. 아아아!

정말 그때는 술고문 느낌이었다. 우리는 그 비싼 데킬라를 전부 마셔주어야 했다. 그리하여 결국, 다 마셨다!

술에 관한 한 지존이었던 나도 속이 울렁거리기 시작했다. 슬슬 기분이 나빠지고, 핏발선 눈에 비친 인간들이 어째 허상처럼 둥둥 떠다니는 것처럼 도무지 현실성이 없어진 것이었다. 한 잔 더 마셨으면 꼭지가 돌아버릴 뻔했다. 우리는 걸레처럼 후줄근하게, 말할 기력이 다 사라졌으므로 어쩔 수 없이 조용히 있었다. 3시가 가까워오는 술집에 기운이 다 빠진 몰골로 어깨동무를 하고, 혹은 턱을 괴고 앉아있는 꼴이라니.

우리는 잔치를 끝내기로 했다.

서로를 흔들어서 대체 어느 정도 기운이 남아있는가를 확인하는 과정을 거쳤다. 나중에 알게 된 일이었지만 잠이 들었다고 생각했던 년은 반 기절한 것이었다. 년의 집은 수지였다. 그 멀고도 먼 수지!

대강 마무리를 한 샘은 콜택시를 불렀다. 가신다는 것이다. 샘은 제자들을 돌보는 미션 따위는 팽개치고 의리 제로의 모습으로 의연히 택시를 불러 사건사고의 현장을 떠나버렸다. 회원들은 마치 고아들처럼 서로 돌보아주고 이렇게 저렇게 서로 택시를 잡아주었는데(그 곁에도 혹시나 해서 택시 번호를 적어놓았다. 너무 취한 년이 뒷좌석에 엎어졌으니 기사 앞에서 우리는 이렇게 확실하게 당신 차 넘버를 적는다, 라고 보여줄 필요가 있었다) 문제는 기절상태의 년이었다. 아무리 흔들어 깨워도 눈도 뜨지 않는 년을 간신히 부축하고 길가까지는 왔는데 웅얼거리는 소리를 독한 인내력으로 해석해 보니, 혼자서는 한 발짝도 못 움직이겠다는 것이다.

놀랍게도 대학로에는 여관이 없었다. 모범적으로 초딩 선생질 잘하고 있는 년을 소설 판으로 꼬드긴 장본인이 바로 나였으므로 속이 탈 수밖에 없었다.

"대체 왜 그렇게 술을 마셨어!"

혀 꼬인 답이 되돌아왔다.

"나도 모르지~~"

초딩 선생이었던 년은 수십 년 갇혀왔던 자신의 울타리를 해체하는 중이었는지도 모른다.

저어 멀리 먼동이 트고 있었다.

사륵사륵 플라스틱 빗자루로 거리를 쓸어내리던 청소부가 점점 가까이 다가왔다. 중노인인 청소부가 일부러인지 모르지만 계단을 우악스럽게 쓸어내리면서 퉁명스런 목소리로 말했다.

"거, 좀 비켜요, 비켜!"

청소부는 신새벽, 길바닥에 쭈그리고, 엎어져 있는 년들이 쓰레기로 보였을 것이다. 뒹구는 휴지처럼 싹싹 쓸어내리고 싶었을 것이다. 교수마누라이면서 프리랜서였던 다른 한 년이 의리상 쓰레기가 되어 (쓰레기들의)곁을 지켜 주면서 한 마디했다.

"우리가, 이 나이에, 언제, 대학로에서 아침을 맞아 보겠어? 쓰레기 취급 받는 것도 나쁘진 않넹."

결국, 쓰레기 셋은 택시 하나에 몰아타고 북새통인, 활기차고 의욕이 넘치는 출근길 러시아워를 비집고 방학동이 집인 년은 중간에 내려주고, 아직도 기절상태인 년은 나의 집으로 끌고 갔다.

눈에 불을 켜고 밤새 기다리던 남편을 불러 택시에서 기어 나오는 년을 들쳐 업혔다. 년이 아들의 침대에 누워 열 세 시간 만에 깨어날 때까지(어떻게 화장실도 안 갈 수가 있을까!) 남편의 칭찬을 들었다. 의리 있는 인간이라는 것이다.

소설을 쓸 때는 그렇게 미친 뭣도 되었다가 주정뱅이도 되었다가 쓰레기도 되었다가 의리 있는 인간도 되었다가, 그렇게 휘몰아쳤었다.

누군가의 말대로 그때 우리는 진화하거나 소멸하는 중이었을까?

한 말씀만 하소서

-소설가 박완서를 소재로 쓴 글.
굵은 폰트는 박완서 소설의 제목이거나 소설의 내용을 차용한 것이다.
정혜 엘리사벳은 박완서 소설가의 세례명이다.-

친애하는 **정혜 엘리사벳**.

5월의 향기가 만발한 평창동 언덕을 휘적휘적 올라가고 있는 나를 지금 보고 계십니까?

마흔 아홉 살 사내의 인생에 **그래도 해피엔드**를 만들기 위해 이토록 고군분투하는 모습을요?

나는 바람난 아내를 찾고 있어요. 아니면 병든 아내랄까.

영인문학관. 그곳에는 **엄마의 말뚝**이라는 제목으로 당신의 추모 전시회가 열리고 있다지요? 그곳에 가면 혹시 아내를 만나지 않을까 하는 실낱같은 희망이 이 가파른 언덕을 힘들게 올라가게 만드는군요.

벌써 일 년 넘게 **어떤 나들이**를 떠난 아내가 나에게 다시 돌아와 주기만 한다면 **참을 수 없는 비밀** 한 가지쯤 지니고 있다한들 대수겠습니까. 아내 몰래 **지렁이 울음소리**를 낼망정 참아낼 수 있습니다. 어느 순간부터 아내는 미쳐 있던 것이 분명하니까요. 정확하게 말한다면 당신의 부음이 세상에 알려진 작년 1월 22일 일겁니다.

아내의 나이가 서른아홉에서 마흔으로 넘어가던 작년 겨울 어느 **휘청거리는 오후**였습니다.

여느 날처럼 일찍 들어온 나는 TV앞에 아들과 나란히 앉아 치킨을 뜯고 있는데 아내가 들어왔습니다. 행방을 알리지도 않고 **겨울 나들이**를 다녀온 아내의 볼이 이상스레 상기되어 있었습니다. 딱히 추위 때문만은 아닌 것 같았습니다.

"추운데 연락도 없이 어딜 갔던 거야? 어서 같이 먹자구."

"아, 더 이상 참을 수 없어! **여느 날처럼 일찍 들어와서 따뜻한 아랫목에 누워서 연속극과 조청을 맛있게 맛있게 먹는 게 남편인 건 어쩔 수 없다손 치더라도 그게 장차의 내 아들인 것은 도저히 참을 수 없다고!**"

갑자기 미친 듯이 고함을 지르는 아내의 눈빛은, 내가 잘못 본 것일까요, 알 수 없는 모독감까지 느껴질 정도였습니다. 당시는 그 말이 바로 당신 소설의 한 대목이라는 것은 짐작도 못했습니다. 아내는 치킨과 곁들여 배달된 생맥주를 선 채로 콸콸 따르더니 그대로 원 샷을 하더군요. 그러더니 느닷없이 이렇게 선언하는 것이었습니다.

"나는 지금 **어느 이야기꾼의 수렁**에 빠져 들었어. **못 가 본 길이 더 아름답다**니 이제부터라도 그 못 가본 길을 가 볼 테야."

아내의 눈빛에 일렁이던 **어떤 야만**을 나는 해석할 도리가 없었습니다. 그녀의 **어떤 나들이**가 당신의 영정 앞에 국화꽃 한 송이 놓고 온 것이라는 것은 내가 알 턱이 있나요. 그날 아내는 그 어떤 **욕망의 응답**에서 뛰쳐나온 듯 했습니다.

아시겠습니까? 단란하고 평화로운 **서울 사람들**의 중산층 삶을, 누구나 바라는 우리 가족의 안정된 삶을, 도저히 참을 수 없다고 비명을 지르게끔 충동질한 분이 바로 당신이란 말입니다.

마흔. 그 어느 것에도 미혹당하지 않아야 할 그 나이에 아내가 미친 듯 빠져든 그 길은 당신이 1970년 이미 개척해 놓은 길이었더군요. 40세 평범한 가정주부 **박완서**, 박수근의 일화를 그린 **나목**으로 늦깎이 등단하다! 대체 어쩌자고 당신은 그 나이에 화려하게 등단하여 가정밖에 모르던 아내의 허파에 바람을 불어넣었단 말입니까.

아내는 변했습니다.

늘 단정하게 차려입고 조신하게 나의 시중을 들던 그녀였는데 대체 어찌된 일일까요. 전교 일 이등을 다투던 아들의 성적이 곤두박질쳐도, 주식이 잘못되어 재산의 반이 뭉텅 날아갔는데도, 부적절한 관계라도 가진 것처럼 일부러 외박을 해도 눈 하나 깜빡하지 않는 것이었습니다. **모든 인간관계 속엔 위선이 불가피하게 개입하게 돼 있어. 꼭 필요한 윤활유야**, 이런 소리나 하면서.

아내의 내부에서 일어난 반란의 의미를 나는 알 수 없었습니다. 하지만 **어른 노릇 사람 노릇**을 거부한 인간이 소설을 쓴다니 말이 됩니까? 나도 알만큼 알고 있으므로 당신의 첫 수상 소감을 들이댔습니다.

"어쩌면 서투른 글을 쓰기 위해 서투른 아내, 서투른 엄마가 되려는 거나 아닐까? 그럴 수는 없다. 좋은 글을 쓰고 싶다. 계속 좋은 주부이고 싶다. 나는 이 두 가지에 악착같은 집착을 느낀다."

흥. 내 말을 듣는 둥 마는 둥 하면서 당신의 글을 필사하던 아내가 코웃음을 쳤습니다. 자타가 공인하는 자상한 남편과 착한 아들이 있는 집은 단지 **꿈꾸는 인큐베이터였을** 뿐, **집 보기는 그렇게 끝났다**나요. 작가이며 주부의 역할을 완벽하게 수행한 당신이 아내에게 제발 뭐라고 말 좀 해주십시오. 소설가는 아무나 되는 것은 아니라고요.

변한 것은 그뿐이 아니었습니다.

평소 종교와 무관하던 아내의 손가락에 묵주반지가 반짝이더니 간간이 성당으로 달려가는 눈치였습니다. 그런가 하면 어느 날인가는 문득 자신을 **정혜 엘리사벳**으로 불러 달라고 하는 것입니다. 당신의 세례명을 빌려서라도 당신의 작가 혼을 자신 속에 집어넣으려는 얄팍한 수작이겠지요. 아내는 할 수만 있다면 당신의 이름까지도 차용하고 싶었을 것입니다. 호박이 줄 긋는다고 수박되나. 속으로 그렇게 비웃으면서도 나 역시 자꾸 당신의 책에 손이 가는 것은 어찌된 일인지 모르겠습니다.

어느 날, **그 여자네 집**을 읽고 있는 나를 보고 아내가 말했습니다.

"이제 다시는 **여자와 남자가 있는 풍경** 속에 당신을 넣을 수 없게 되었어. 나의 마음은 이미 **그 남자네 집**에 가 있으니까."

그 남자라니! 아내가 혹시 첫사랑을 다시 찾은 게 아닌가 싶어 낯빛이 달라진 나를 보고 아내는 깔깔거렸습니다. **아주 오래된 농담**을 못 알아듣는다나, 어쩐다나.

그땐 미처 눈치 채지 못했습니다. 언제부터인가 인터넷으로 주문한 아내의 책들이 아들의 트로피와 상장이 놓여있던 서재의 책꽂이를 서서히 잠식해 들어갔다는 것을. 국문학을 전공한 아내가 결혼과 함께 놓아버렸던 소설가의 꿈이 당신의 부음으로 부활했다는 것을. 지금 생각인데, 차라리 아내가 첫사랑을 만났더라면 더 나았을지도 모르겠습니다.

깊은 밤 설핏 잠에서 깨어나면, 텅 비어있는 아내의 자리는 **내가 놓친 화합**을 여실히 보여주고 있었습니다. **그 외롭고 쓸쓸한 밤**, 주식의 동향을 체크하는 용도였던 내 노트북에 수없이 많은 한글 파일을 만들어놓고 대수로울 것도 없는 그녀의 **조그만 체험기로** 이렇게 저렇게 소설을 만들고 있는 그 허무한 작업을 훔쳐보는 저의 마음을 아시겠습니까. 어느 날 밤에는 아내의 숨죽인 **울음소리를 꿈과 같이** 듣기도 했습니다.

아내도 당신처럼 사람의 속내를 후벼 그 안에 숨은 끈질긴 욕망과 위선과 이중성을 파헤치는 그런 글을 써서, 당신처럼 늦깎이로 등단하고, 당신처럼 오래도록 소설가로 남아 **저문 날의 삽화**를 그리고 싶었겠지요.

꿈을 찍는 사진사가 있다면 아내의 마음속에 뷰 파인더를 들이대고 무엇이 보이는지 알려달라고 하고 싶었습니다. 그 속에 남편과 외아들을 몇 달 간극으로 여읜 **너무도 쓸쓸한 당신**만 자리하고 있을지 겁이 나기도 합니다만.

이 평창동 언덕은 참 가파르군요. 이런 언덕을 아내는 어떻게 올라갔을까요? 마치 소설가의 길처럼 걸음을 옮길 때마다 힘들고 숨이 가빠오는 길을 말입니다. 아직 해도 저물지 않았는데 나에게는 너무도 **기나긴 하루**처럼 느껴집니다. 저기 화환이 즐비하고 사람들이 북적이는 저 곳이 아마 당신의 추모 행사가 열리는 곳인가 봅니다. 당신의 유품을 만지작거리며 여전히 **환각의 나비**를 쫓고 있을 아내를 만나게 되면 정말 물어보고 싶습니다.

그대 아직도 꿈꾸고 있는가.

묻고 싶으면서도 두렵습니다. 혹시 아내가 이렇게 대답을 하지 않을까 해서요.

"**나의 가장 나종 지니인 것**은 당신이 아니고, 바로 소설이었어."

아아, 어쩌면 그것은 **슬픈 해후**가 될지도 모르겠습니다.

이렇게 **떠도는 결혼**에 지친 내 말을 **마흔 아홉 살**이나 먹은 **어느 시시한 사내 이야기**로 흘려듣지 마시기 바랍니다.

아, 그런데 저기 영인문학관 앞에서 몇 걸음 떨어져, 5월의 한 가운데서 마치 한 겨울의 헐벗은 나무처럼 **서 있는 여자**, 혹시 아내가 아닐까요?

소설가가 소설이 되어버린 흔적으로 **엄마의 말뚝**을 깊게 박아놓은 당신의 자리에 무모하게도 다시 소설의 말뚝을 박으려는 저 여자, 내 아내가 맞습니까?

소설가의 열망을 가득 담은 눈동자로 문학판을 기웃거리는 저 여자에게 다가가, 제발 정신 차리라고 뺨을 후려치고 싶은 나의 이 두 손으로 힘껏 박수를 치라고 당신은 말하시렵니까? 그것이 바로 **꼴찌에게 보내는 갈채**라고요?

정혜 엘리사벳, 제발 **한 말씀만 하소서**.

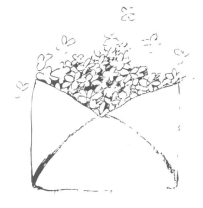

이 책을 후원해주신 분들.

김지현. 하나. 이혁. 임신희. 박회숙. 김승욱. 전윤희. 박애란. 김문희. 오예.
박정숙. 전영. 이윤미. 김순영. 이선혜. 문검. 백곰. Penna. 구서휘. 조미숙.
프리다. 프란체스카. 현경미. 김명자 外.

바람의 신부와 치즈케이크

2020년 8월 31일 초판 1쇄 펴냄

지은이   이숙경
디자인   엠오디
표지그림   김효경
일러스트   송혜숙
펴낸이   윤상훈
펴낸곳   엠오디
주소   서울 강남구 강남대로106길 17
전화   02-333-4266
전자우편   mod@modgraphics.co.kr
홈페이   www.modgraphics.co.kr
출판등록   2002년 3월 14일 제 2020-000078호

ISBN   979-11-970302-2-2